KB266487

널 구원할 시간

4분——33초

널 구원할 시간 4분 ─── 33초

오타 시오리 장편소설

이구름 옮김

ORIGINALS

차
례

한 번뿐인 전주곡_7

아름다운 독창_109

작은 새들의 이중주_149

달과 함께 왈츠를_203

한 번뿐인 전주곡
prelude

1

자동차 경적이 귀에 거슬렸다. 나를 향한 소리가 아님에도. 라, 도#. 우울할 때면 거리에서 들려오는 소리에 음표가 따라온다.

북적거리는 거리가 오늘따라 더 답답하게 느껴졌다. 사물도 사람도 너무 많다. 삿포로는 넓지만 좁은 도시니까.

빌딩이 즐비하고 지하철이 거리를 오간다. 생활하는 데 딱히 불편한 점은 없다. 하지만 뭔가… 그래, 뭔가 제대로 된 큰일을 하기에 삿포로는 좁다.

너무나, 너무나도 좁다.

예를 들면 세계적인 피아니스트가 되는 걸 꿈꾸기에는.

아빠가 해외에서 근무하게 됐을 때, 편안한 생활이 무엇보다 중요했던 엄마는 일본을 떠나고 싶지 않다며 완강히 버텼다. 그렇게 엄마는 이제 막 세 살이 된 나와 태어난 지 얼마 안 된 여동생을 데리고 삿포로에서 친정집이 있는 오비히로로 이사했다. 내가 정말 좋아했던 할머니 댁에는 낡은 피아노가 있었다. 조율이 제대로 되어 있지 않아 엉뚱한 음이 나던 업라이트 피아노. 아직 어렸던 나는 소리가 난다는 사실만으로도 기뻐서 처음 만져본 피아노를 연주했다. 그 무렵 푹 빠져 있던 어린이 프로그램에 나온 곡이었다. 누가 가르쳐준 것도 아니고 따로 연습한 것도 아닌데.

신나게 피아노를 치는 내 모습에 놀란 어른들은 그 주가 끝나기도 전에 날 피아노 선생님에게 데려갔다.

그렇다. 나는 신동이었다.

처음 늘은 곡도 바로 똑같이 연주할 수 있었고 무엇보다 아주 작았다. 나이도, 몸도.

짧은 손가락을 있는 힘껏 뻗어 온몸으로 피아노를 치는 날 보며 어른들은 매우 기뻐했다. TV 방송국에서 취재하러 오기도 했고 도내 행사에 초대받아 유명인과 나란히 무대에 서기도 했다. 그 무렵 나는 피아노를 연주하는 게 그저 즐거웠고 엄마와 할머니가 기뻐하는 게 좋아서 하루 종일 피아노만 쳤다. 어른들이 하라는 대로. 하지만 많은 신동이 그렇듯, 유치원생에서 초등학생이 되고 학년이 올라가면서 신은 내 곁에서 멀어져 갔다.

분명 신은 아주 작은 어린아이일 때만 지켜주는 것이리라.

신의 아이를 끔찍이 사랑했던 엄마는 그 사실을 받아들이지 못했다. 내가 평범한 아이라는 사실을 인정하고 싶지 않았던 엄마는 결국 날 외국에 있는 음악학교에 보내기로 했다. 아빠가 발령받은 곳도 아닌, 아무런 연고도 없는 영국으로.

그때 난 초등학생이었다. 내 피아노 실력이 늘지 않는 이유는 장소 탓이었고 선생님이 문제였다. 엄마는 오비히로도 삿포로도 심지어 일본을 통틀어 내 재능을 갈고닦기에는 좁다고 믿었다. 하지만 아빠의 해외 근무지에도 함께 가지 않았던 엄마가 내 유학에 따라올 리 없었다. 그렇게 난 말도 제대로 통하지 않는 영국에서 홀로 음악을 공부해야 했다. 하지만 아무런 성과도 없었다. 이미 난 신동이 아니었으니까.

평범한 아이가 신동 흉내를 내서 신이 노한 걸까?

그러다 사고를 당했다.

그때의 일은 잘 기억나지 않는다. 너무 무서워서 떠올리기 힘든 것에 가깝다. 정신을 차리고 보니 나는 병원 침대에 누워 있었다. 간신히 목숨은 건졌지만 왼손가락은 끊어질 듯 덜렁거리고 있었다. 신과 달리 다정한 의사 선생님이 손가락을 깔끔하게 이어 붙여주어 겨우 손을 움직일 수 있게 되었다. 하지만 피아노는 더 이상 칠 수 없었고 일본으로 돌아와야 했다.

공교롭게도 그 무렵, 의지하던 할아버지와 할머니가 돌아가셨다. 그 후 아빠와 이혼한 엄마는 다시 삿포로로 돌아왔다. 분명 내가 태어난 곳이지만 이 도시에 남아 있는 기억은 거의 없다.

그렇게 나는 낯선 도시 삿포로에서 살게 되었다. 피아노를 칠 수 없는 손가락으로. 넓지만 좁은 이 도시에서.

노래를 못 부르게 된 카나리아에게는 아름다운 모습이라도 남지만, 나에게는 피아노밖에 없었다. 주변 어른들은 입을 모아 말했다. 새로운 곳에서 다시 시작하라고. 이럴 때는 그게 뭐가 됐든 새로운 곳에서 시작하는 게 좋다고. 하지만 난 익숙한 곳에서, 익숙한 사람들 곁에서, 다시 시작하고 싶었다. 낯선 곳에 홀로 내던져진 두려움을 엄마는 이해하려는 시도조차 하지 않았다. 치료를 마치고 이사를 하면서 이런저런 일들로 한 달이나 늦게 입학하게 된 내가 느낄 두려움은 상상조차 못할 게 뻔하다. 난 누구보다 잘 안다. 영국에서도 뼈저리게 느꼈으니까. 개학하고 한 달이나 지나 이미 서로 친해진 아이들 틈에 스며들 만큼 나는 사교적인 편도 아니다. 이전에 다녀본 적 없던 도시의 학교는 더 무서웠다. 낯선 사람과 이야기 나눌 자신도 없었고.

그러나 아침은 오고야 말았다.

문 너머로 구름 한 점 없는, 눈이 시리도록 푸른 하늘이 펼쳐져 있었다. 햇살은 폭력적으로 날카로웠다. 엄마는 화창한 날에 첫 등교를 하게 됐다며 좋아했지만, 나는 집을 나온 순간부터 비명을 지르고 싶어졌다.

"히마리, 비켜."

현관에 멈춰 선 나를 동생 나노카가 툭 밀치듯 지나쳤다.

아직 초등학교 4학년인데도 나보다 훨씬 똑 부러진 나노카 앞에선 왠지 주눅이 든다.

아, 싫어.

서서히 눈물이 맺혔다. 너무 긴 블라우스 소매도 무거운 재킷도 가방도 낯선 아침 냄새도 다 싫었다.

싫어. 너무 싫어. 죽기보다 싫어.

이런 곳에선 뭐든 잘될 리 없다. 차라리 다시 모든 걸 내던지고 도로로 뛰어들까 싶었지만 아플까 봐 무서워 그럴 수도 없었다. 게다가 내가 그렇게 죽어버린다 해도, 엄마는 자기가 세상에서 가장 불행한 사람인 것처럼 굴 게 뻔하다. 내가 영국에서 돌아왔을 때처럼.

학교에 가기 싫어도 가야 하는 이유는 단 하나다. 집에 남아 있어 봐야 내가 다시 피아노를 칠 수 있을 거라 믿는 엄마의 지옥 같은 기대가 기다릴 뿐이니까.

숨 쉴 때마다 속이 타들어 가는 듯한 기분으로 느릿느릿 학교로 향하는데 눈앞에 말도 안 되는 광경이 펼쳐졌다.

"거기 너! 치마가 왜 그렇게 짧아? 그러고 다니면 이상한 아저씨들만 좋아할 뿐이니까 좀 더 길게 입어. 아이고, 거기 꼬맹이! 가방끈을 그렇게 길게 늘어트리면 땅에 끌리잖아. 너는 스마트폰 보면서 걸으면 어떡해? 똑바로 앞을 좀 보고 걸으라고!"

　푸른 하늘 아래 호통 소리가 쩌렁쩌렁 울렸다. 지나가는 학생들에게 소리치는 사람은 아주머니, 아니 자세히 보니 할머니였다. 통학로 옆 철쭉 울타리로 둘러싸인 집 앞에서 할머니가 지나가는 학생들을 상대로 잔소리를 퍼붓고 있었다. 빨강, 노랑, 보라 같은 화려한 색채가 눈에 띄는 에스닉 스타일의 동남아 민족의상을 입고 있어서 순간 나이를 가늠하기 어려웠지만, 예순쯤 어쩌면 그 이상으로 보였다. 흰머리를 보라색으로 물들이고 머리에 반다나를 두른 할머니는 집 앞에 우뚝 서서 한 손에 빗자루를 든 채 누구든 가리지 않고 고함을 질러댔다.

　나는 유독 큰소리를 싫어한다. 큰소리가 들리면 몸이 움츠러들고 모르는 사람이 말을 거는 것만으로도 당황하곤 한다. 그래서 저 할머니를 피해가고 싶지만 건너편 아이들한테도 소리치고 있었다.

　아, 어쩌면 좋아. 도망칠 데가 없잖아. 어쩔 수 없어. 내일부터 다른 길로 가자. 오늘은 고개를 푹 숙이고 모르는 척 지나가자. 나는 마음을 단단히 먹고 발끝을 응시했다. '제발 날 못 보게 해주세요' 속으로 기도하며 조용히 할머니 앞을 지나가려 했다. 그 순간.

"잠깐, 너."

"…."

"너 말이야. 거기 조그만 애… 그래, 너 말이야, 너!"

진짜 최악이다.

"…네."

내 절실한 기도가 무색하게 할머니가 나에게 말을 걸었다. 모른 척하고 도망가면 됐을지도 모르지만, 그조차도 무서워 마지못해 고개를 들었다.

가까이에서 본 할머니의 모습은 요란한 색채가 뒤엉켜 더 정신없어 보였다. 눈 주위는 초록과 금빛으로 반짝거렸고 입술은 오렌지색이었다. 무서워. 너무 과하잖아.

"…아, 안녕하세요."

대답하지 않으면 혼날까 봐 무서웠다. 나는 요란한 할머니에게 실며시 고개를 숙이며 인사했다.

"그래, 안녕. 근데 넌 표정이 왜 그렇게 우중충하니? 꼭 네 머리 위에만 먹구름이 낀 것 같구나."

"그, 그런가요?"

차라리 정말 비라도 쏟아지면 좋을 텐데. 아니면 아예 태

풍과 회오리바람이 한꺼번에 불어와 학교에 휴교령이 내려
지고, 나를 집과 함께 《오즈의 마법사》에 나오는 먼치킨 나
라로 날려 보내준다면 얼마나 좋을까.

"너, 못 보던 애구나. 그런데 요 근처 중학교 교복을 입었
네. 어떻게 된 거니? 등굣길이 바뀐 거야? 뭐 안 좋은 일이라
도 있었어?"

할머니는 마치 내 마음을 꿰뚫어 보듯이 의아한 표정으로
물었다. 테너 색소폰 소리처럼 귀와 마음에 기분 좋게 스며
드는 목소리였다.

"…이사도 하고 병원도 다니느라 오늘부터 학교에 나오게
됐어요."

"병원? 어디 아파?"

"그게, 사고 때문에 다쳐서요."

붕대를 감은 왼손을 보여주자 할머니는 미간을 잔뜩 찌푸
렸다.

"아직 아프니?"

"붙긴 했는데 흉터가 아직 많이 남아서 당분간 붕대를 하
는 게 좋겠다고 의사 선생님이…."

할머니는 붙긴 했다는 말만으로 내가 얼마나 다쳤는지 대

강 알아차린 듯했다. 내가 다쳤다는 걸 알게 된 어른들이 흔히 짓는 표정이었다. '참 안됐구나' 하는 얼굴.

이미 여러 번 봤다. 그리고 뒤에 오는 말은 보통 정해져 있었다. '목숨을 건진 것만 해도 감사해야지.' '괜찮아. 포기하지 않으면 반드시 좋아질 거야. 피아노도 칠 수 있게 될 거야.' 하지만 나는 그런 말을 들을 때마다 이상하다고 생각했다. 감사하라고? 누구한테? 좋아질 거라고? 의사가 이전으로는 못 돌아간다고 했는데? 하지만 할머니가 건넨 말은 달랐다.

"그럼, 이제 아프지 않은 거네?"

"네? 아, 네. 무거운 걸 들면 가끔 욱신거리긴 하지만 가만히 있을 때는 괜찮아요."

"그래? 휴, 다행이다. 너 같은 아이가 아파할 걸 생각하면 너무 안쓰러워서 견디기 힘들거든."

다행이라고 정말 다행이라고 할머니는 몇 번이나 말했다.

"그런데 왜 방금 장례식이라도 치른 사람 같은 표정이니? 모처럼 학교에 가게 됐는데."

"…."

"가기 싫어서 그래?"

"…한 달이나 늦게 학교에 가면 친구를 사귀기 어렵잖아요. 게다가 도시에 있는 학교는 좀 무서워요. 괴롭힘을 당할지도 모르고….'

힘겹게 말을 꺼내자 할머니는 다시 미간을 찌푸렸다.

"삿포로는 도시라고 할 정도는 아닌 것 같은데. 시골도 아니지만."

하지만 적어도 내가 살던 오비히로나 영국의 교외보다는 번화하다.

어른들은 왜 내가 학교에 가고 싶어 할 거라고 생각할까? 개학하고 한 달만 지나도 반 친구들 사이엔 친한 무리가 생긴다. 이미 공고해진 그 무리 속으로 끼어드는 게 쉬운 일은 아니다.

"의무 교육이니까 학교에 가야 하는 건 알지만…. 이사를 안 했다면 좋았을 것 같아요."

그랬다면 한 달 늦게 학교에 갔어도 말을 걸어줄 친구가 한두 명쯤은 있었을 텐데.

"…그렇구나. 하지만 학교 친구들도 네가 다쳐서 학교에 늦게 온 걸 알고 있지 않을까?"

"네, 아마도요."

"그렇다면 걱정할 필요없어. 인간은 말이지, 겉보기에 연약하고 다쳐서 불쌍해 보이는 사람은 괴롭히지 못해. 강해 보이려면 너그럽게 굴어야 하거든."

"…."

"불쌍해 보일 정도로 안쓰러운 아이는 괴롭히지 않아. 보통은 남에게 상처 주지 못할 만큼 착하고, 대들지 못할 만큼 얌전한 아이를 주위와 좀 다르다는 이유만으로 괴롭히거든."

내가 강해 보이지 않는 건 맞지만 이렇게 노골적으로 불쌍해 보인다는 말을 들을 정도로 약해 보이나.

"그런가요?"

아주 조금, 아니, 생각보다 많이 상처받았다.

"너는 키도 작고 손에 붕대도 감았잖아. 불쌍해 보여. 그러니까 괜찮아. 틀림없이 다들 친절하게 대해줄 거야. 그러니까 그걸 잘 이용해봐."

"잘 이용하라니…. 전 그러고 싶지 않아요."

"하지만 분명 너에게 무기가 되어줄 거야. 할 수 있는 방법은 다 써보는 게 현명한 거 아닐까? 게다가 아픈 아이는 건강한 척할수록 더 안쓰러워 보이는 법이니까 넌 방긋 웃기만 하면 돼. 그렇게 하면 괜찮을 거야."

"그러니까… 지금 저보고 반 아이들에게 동정을 사라는 건가요?"

내가 너무 불만스러운 듯 말한 탓인지 할머니는 과장되게 고개를 저었다. 반다나와 귀걸이가 나풀나풀 흔들렸다.

"그걸 계기로 삼으면 된다는 말이야. 옷이 좀 크긴 한데 1학년은 누구나 다 그래. 졸업할 무렵에는 옷이 깡뚱해지겠지. 그래도 넌 옷차림도 단정하고 자세도 곧고 머리카락에 윤기가 흐르는 데다 예뻐. 이런 널 누가 싫어하겠니."

"하지만…."

"하지만 뭐? 처음엔 그렇게 시작해도 돼. 친해지고 나면 네가 좋은 아이인 걸 알게 되고 모두 널 좋아하게 될 테니까."

'좋은 아이'와 어울리지 않는 차림새를 한 할머니가 내 양어깨를 꽉 잡더니 진지한 표정으로 말했다. 정말 이상한 사람이다. 나에 관해 아무것도 모르면서.

"…전 좋은 아이가 아니에요."

"그럼 나쁜 아이니? 나처럼 성가신 할머니 말에 귀 기울여주고 인사성도 바른 아이는 그리 많지 않단다."

"그건…."

"그러니까 그런 표정 짓지 말고 친구들에게 환하게 웃어주렴. 웃는 얼굴을 보고 기분 나빠하는 사람은 없으니까. 걱정하지 말고 앞을 보고 씩씩하게 걸어가. 알았지?”

“…네.”

난 정말로 그렇게 좋은 아이가 아니다. 할머니가 큰 소리로 날 부르지 않았다면 다른 아이들처럼 무시하고 도망쳤을 테니까. 하지만 처음 보는 할머니가 건넨 말은 신기하게도 내 마음속에 들어와 콕 박혔다. 할머니의 부드러우면서도 낮은 목소리 때문인지도 모르지만, 내게 이런 말을 해준 사람은 처음이었다.

“그랬는데도 정말로 널 괴롭히는 아이가 있다면 그땐 나한테 말해. 내가 빗자루를 들고 뛰어가서 못된 녀석들 엉덩이를 팡팡 때려줄 테니까.”

“그, 그건 안 돼요. 폭력은 절대 안 돼요!”

“걱정하지 마. 늙은이한텐 그렇게 거칠게 대하지 못하거든. 아무도 널 괴롭히지 못하게 언제든 달려가서 혼쭐을 내주마!”

“아무리 할머니라고 해도 경찰을 부를걸요.”

내 말에 할머니가 빗자루를 한 바퀴 휘리릭 휘둘렀다. 그 모습을 보자 나도 모르게 웃음이 터져 나왔다. 할머니도 호

탕하게 웃고는 내 보조개를 보며 살머시 볼을 잡았다.

"그래, 보기 좋네. 그렇게 웃는 거야. 첫날부터 지각하겠다, 어서 가렴."

방금까지만 해도 쉿물처럼 고여 지글지글 내 마음을 애태우던 나쁜 감정이 조금은 어딘가로 흘러간 듯했다.

"정말 안 되겠다 싶으면 방법은 많으니까 지레 나쁘게 생각 말고. 해보고 안 되면 도망가도 괜찮아. 정말로 못하겠으면 참지 않아도 돼. 그러니까 일단 가서 부딪혀 봐. 알겠지?"

할머니의 다정한 목소리와 눈빛은 돌아가신 우리 할머니와 조금 닮아 보였다.

"네…. 다녀올게요."

"그래. 잘 다녀오렴."

걸어가다 뒤돌아보니 할머니는 날 지켜주려는 듯이 내 쪽을 바라보고 있었다. 그리고 빗자루를 한 번 더 가볍게 휘두르고는 어서 가라며 웃어주었다.

평소의 나라면 모르는 사람과 그렇게 이야기 나누지 않는다. 누가 말을 걸어도 '아는 척하지 마세요'라든가 '제 일은 제가 알아서 해요' 하며 기분 나빠했을 텐데. 하지만 그 할머니는 튀는 옷차림새와 달리 의외로 다정해서 이상하게 싫지 않았다. 진심으로 날 걱정하는 마음이 느껴졌다. 어쩌면 나는 누군가 그런 말을 해주길 바라고 있었는지도 모른다.

"…그래, 가자."

난 나직이 속삭이고는 붕대 감은 손을 지그시 감싸쥐었다.

2

등교 첫날, 너무 긴장한 나머지 숨 쉴 때마다 토할 것 같았지만 할머니 말대로 애써 웃어 보였다. 안간힘을 다해 자세를 바로잡고 교복 자락을 몇 번이고 매만지면서. 자연스럽게 잘 웃었는지는 모르겠지만 확실히 뚱한 표정보다는 나았다.

다행이다. 할머니가 말해주지 않았다면, 분명 난 어두운 표정 아니면 울 듯한 표정으로 이곳에 서 있었을 테니까.

"전에 이야기했죠? 미사키는 어릴 때부터 피아노에 특별한 재능이 있어 외국 학교에서 음악을 공부했어요. 그런데 안타깝게도 사고를 당해 삿포로에 돌아오게 되었죠. 미사키의 유학 경험은 여러분도 여러모로 배울 점이 있을 테고 미사키도 아직은 이곳이 좀 낯설 테니까 서로 도와가며 사이좋게 지내도록 해요.”

단발머리가 산뜻하게 잘 어울리는 무라사와 담임 선생님이 나를 소개했다. 내가 자리에 앉자 모두의 시선이 집중됐다. 내 자리는 앞에서 두 번째 줄 가운데, 그러니까 거의 교실 한가운데였다.

“음, 다들 너무 의식하지 말라고 해도 어려울 테니까 오늘 조회는 이걸로 마치도록 하겠어요.”

선생님이 웃으며 말하자 곧바로 “있잖아” 하고 오른쪽 옆자리에서 말을 걸어왔다. 머리를 양 갈래로 낮게 땋은, 명랑해 보이는 여자아이였다.

“난 야마네야. 앞으로 친하게 지내자. 유학 갔었다니 대박이다. 나도 피아노 쳤었는데! 넌 어떤 곡을 잘 쳤어?”

“아…, 그게 쇼팽이나 라흐마니노프….”

“와, 멋있어! 완전 차원이 다르네.”

내가 야마네랑 이야기하기 시작하자 근처 여자아이들이 하나둘 나에게 말을 걸어왔다. 남자아이들도 눈이 마주치면 수줍게 웃어주거나 영국은 진짜로 음식이 그렇게 맛없냐고 묻기도 했다. 결국 그런 식으로 1교시가 시작할 때까지 아이들과 떠들썩하게 이야기를 나눴다. 그토록 불안해하고 두려워했다는 사실이 믿기지 않을 만큼.

할머니 말대로 나처럼 약한 아이를 괴롭힐 사람은 없는지도 모른다. 오늘 아침의 나는 대체 뭘 두려워했던 걸까? 하지만 왼쪽 대각선 뒷자리에 앉은 스포츠머리의 남자아이만은 왠지 모르게 불편했다. 이름은 치토세라고 했다. 체구가 작은 나와 키가 비슷해 초등학생처럼 보이는 남자아이다. 하지만 움츠러들 만큼 무서운 표정으로 날 노려봤다. 내가 뭘 잘못한 걸까? 그냥 기분이 안 좋다거나 주위가 너무 소란스러워서 그런가?

치토세 말고는 정말로 모두 친절했다. 이동 수업을 할 때도 같이 가자고 해주었고 과목별 선생님에 대해 이것저것 알려주기도 했다. 점심도 야마네가 다른 친구들을 데려와 같이 먹었다.

"아, 그럼 전에 살던 곳은 오비히로구나?"

안경 쓴 옆 반 친구 오이카와가 물었다.

"응. 부모님이 삿포로에 살기 시작하고 얼마 안 돼서 아빠가 다른 데로 발령받았거든. 여동생도 어려서 엄마네 본가가 있는 오비히로에 가서 살았어. 그래서 삿포로에서 살았던 기억은 거의 없어."

"그럼 삿포로에서 태어났구나."

머리를 귀엽게 땋은 다니가 말했다. 야마네, 오이카와, 다니, 세 사람은 같은 초등학교 친구인 모양이었다. 셋은 자기들 이름에 한자로 산, 강, 계곡이 들어간다며 재미있어 했다.

"유치원 들어가기 전까지 살았던 것 같아. 그런데 기억이 하나도 없어. 길도 잘 모르겠고. 아침에는 조금 특이한 할머니가 말을 걸어서 깜짝 놀랐어."

"학교 오는 길에?"

"응. 엄청 화려한 옷을 입은 할머니였어."

"스기우라 할머니 말이구나. 그 할머니 좀 짜증 나지?"

대강 알겠다는 듯 세 사람은 서로를 마주 보며 쓴웃음을 지었다.

"하지만 예전부터 늘 그 자리에서 아이들을 지켜봐주시는 분이셔. 비가 오든 눈이 오든 항상. 좋게 보든 나쁘게 보든 이 동네에선 모르는 사람이 없을 정도지."

야마네는 할머니를 그리 나쁘게 보는 것 같지 않았다.

"겉보기엔 좀 무서워도 눈이 펑펑 내린 겨울 아침이면 아

이들이 차도로 걷거나 눈길을 헤치며 걷지 않아도 되도록 인
도에 쌓인 눈을 치워주기도 하셔.”

“그럼 정말로 나쁜 분은 아니구나.”

“아니면 완전 신고감이지!”

오이카와가 깔깔거리며 웃자 다른 두 사람도 웃었고 나도
덩달아 웃었다. 나쁜 사람이 아니란 건 알고 있었다. 오늘 아
침 스기우라 할머니와 만나지 않았다면 난 지금 이렇게 웃고
있지 못했을지도 모르니까.

우울할 뻔했던 시간이 거짓말처럼 지나가고 어느새 하교
시간이 다가왔다. 종례를 마친 뒤 선생님과 학교를 쉬는동안
뒤처진 부분을 따라잡기 위한 보충 수업을 어떻게 할지 등 앞
으로의 일을 간단히 상의했다. 선생님은 첫날이라 피곤하겠
다며 빨리 보내주셨다. 실제로 피곤하기도 했지만, 그보다 꼭
가보고 싶은 곳이 있었기 때문에 선생님의 배려가 고마웠다.

학교를 나오자, 아침에는 폭력적으로 느껴졌던 짙푸른 하
늘이 부드러운 파란 하늘로 바뀌어 있었다. 집을 나올 때는
따갑게 내리쬐던 햇빛도 지금은 한결 온화해져서 숨을 깊이
들이마실 수 있었다.

삿포로는 벚꽃이 빨리 진다고 들었는데, 교문 옆에는 늦게

피는 겹벚꽃이 피어 있었고 또 다른 나무들에도 향기로운 꽃이 피어 있었다. 무슨 꽃일까? 흰색, 분홍색, 보라색 꽃들이 히아신스처럼 송이송이 피어 있었다. 아침에 지나온 길을 다시 걸었다. 인기 있는 꽃인가? 아침에는 전혀 알아차리지 못했는데 길을 따라 집집마다 같은 꽃이 가득 피어 있었다.

그런 생각을 하며 걷는 사이 스기우라 할머니 집이 보이기 시작했다. 할머니는 초등학교 하교 시간이 지나서인지 길가에 나와 있지는 않았다. 혹시 몰라서 슬쩍 철쭉 울타리 틈새로 안을 들여다보니 마침 할머니가 정원을 손질하고 있었다. 향기로운 꽃나무는 스기우라 할머니네 집에도 있었다. 나무에는 진한 분홍색 꽃이 피어 있었다. 할머니는 내가 온 줄 알아차리지 못했다. 그냥 아무 말 하지 않고 지나갈까 싶었지만 용기를 내보기로 했다.

"저, 이 꽃나무, 다른 집에도 많던데 무슨 나무예요?"

"아, 너구나!"

누군가 싶어 돌아본 할머니가 웃으며 일어섰다.

"라일락이란다. 시에서 매년 묘목을 무료로 나눠줘서 이 시기가 되면 어느 집 정원에나 피어 있지. 아직 만개하려면 좀 기다려야 하지만 이렇게 봉오리 진 것도 참 예쁘지? 내가 좋아하는 꽃 중 하나야."

"라일락…. 전에 들어봤어요. 이게 아직 덜 핀 거군요."

자세히 보니, 아직 다 벌어지지 않은 꽃망울 군데군데 네 장의 작은 꽃잎이 벌어져 있었다. 이 꽃은 수국처럼 작은 꽃의 집합체였던 거다. 라일락 향이 너무 좋아서 킁킁 향기를 맡고 있자 할머니가 흐뭇한 표정으로 말했다.

"그러고 보니 아침하고 다르게 표정이 무척 밝구나."

"할머니 말대로 괜찮았어요."

"괜찮았지? 그나저나 할머니란 말은 빼줄래? 그렇게 부르면 내가 너무 늙어버린 거 같잖아."

할머니, 아니 스기우라 씨가 진심으로 싫다는 듯 얼굴을 찌푸리며 고개를 가로저었다.

"그냥 스기우라 씨라고 부르렴. 너는 이름이 뭐니?"

"미사키 히마리요. 히마리는 해바라기라는 뜻이에요. 아빠가 좋아하는 꽃이었대요."

"귀여운 이름을 지어주셨네. 마침 지금 내가 심은 꽃도 해바라기란다. 키가 큰 해바라기를 심어놓으면 지나가는 아이들이 좋아하거든."

스기우라 씨가 환하게 웃었다. 야마네, 오이카와, 다니의 말대로 정말 이 길을 지나다니는 아이들을 진심으로 생각해 주는 분인 것 같았다.

그렇다면 요란한 옷차림은 피하는 게 좋을 텐데. 잠시 그런 생각을 했지만 옷차림만으로 사람을 판단하는 건 옳지 않다. 내가 좋아하는 옷을 누군가 이상하다고 말하면 나 같아도 싫을 테니까.

"잠깐 도와드려도 될까요?"

마음속 불협화음을 몰아내려 스기우라 씨에게 말을 건넸다. 죄송한 마음도 있었지만, 아침에 받은 호의에 대한 고마움을 전하고 싶었다.

"나야 도와주면 고맙지."

"돌아가신 할머니와 정원 손질하는 걸 좋아했거든요."

사실은 거짓말이다. 엄마는 손을 다치면 안 된다며 이런 일은 못하게 했다. 하지만 돕고 싶은 마음도, 정원 손질을 해 보고 싶었던 마음도 사실이다.

"그럼 부탁 좀 하마."

난 교복이 더러워지지 않게 조심하며 잡초를 뽑아낸 자리에 해바라기 씨를 몇 개 심고 물뿌리개로 물을 주었다.

"해님을 닮은 이름이라 그런지 정원의 꽃들도 고맙다며 기뻐하는구나."

　대단한 일을 한 것도 아닌데 스기우라 씨가 그렇게 말해주
자 괜히 기분이 좋아져 이마에 흐르는 땀을 닦았다. 손끝이
닿지 않게 조심했지만 이마에 흙이 묻고 말았다. 스기우라
씨가 피식 웃으며 말했다.

　"괜찮으면 잠깐 들어왔다 갈래? 안에서 비누로 손도 씻고
더위도 식힐 겸 시원한 음료수라도 마시고 가렴."

　"아⋯."

　솔직히 말해서 그렇게까지 하고 싶진 않았다. 스기우라 씨
는 모르는 사람이니까. 지금까지 모르는 사람 집에 가면 안
된다고 배웠다. 하지만 스기우라 씨가 그런 것까지 생각해서
'괜찮으면'이라는 말을 덧붙였다는 걸 느낄 수 있었다. 그런
스기우라 씨가 무척 좋아졌다. 모르는 사람 집에 가면 안 되
는 이유는 내가 어리기 때문일 것이다. 하지만 지금 잘 아는
사람도 처음 만났을 때는 서로 모르는 사이였다. 나는 내가
믿고 싶은 사람을 스스로 선택하고 싶었다.

　"오늘은 그렇게 덥지 않으니까 밖이 더 좋으려나?"

　스기우라 씨는 고민하는 나를 보고 말했다.

　"아, 아니요! 실례가 안 된다면 안에서⋯."

“아니야, 괜찮아. 수건 가지고 올 테니까 잠깐 기다리렴. 저쪽 수도에서 손 좀 씻고 있어.”

스기우라 씨가 현관 옆 수도를 가리키고는 집으로 들어갔다. 약간 미안한 마음으로 손을 씻고 있는데, 잠시 후 스기우라 씨가 수건과 음료수를 쟁반에 담아왔다. 꽤 진한 갈색인데다 탄산음료는 아닌 걸 보니 아이스커피 같았다. 스기우라 씨는 베란다 문을 활짝 열고 쟁반을 내려놓은 뒤 그 앞에 야외용 접이식 의자와 작은 접이식 발판을 하나씩 갖다 났다.

스기우라 씨는 이 단독주택에 혼자 사는 듯했다. 가족은 없는 걸까? 베란다 안쪽에 위패를 모신 작은 불단이 보였다. 액자가 두 개 놓여 있었지만 여기선 잘 보이지 않았다. 보이는 건 흰색, 보라색, 노란색 국화꽃뿐이었다.

“불꽃축제 같은 걸 구경할 때 쓰는 건데 우리 집에는 하나밖에 없어서.”

스기우라 씨는 껄껄 웃으며 내게 의자를 권하고 자기는 발판에 앉았다.

“제가 발판에 앉을게요. 전 서 있어도 상관없어요.”

하지만 스기우라 씨는 발판이 안정적이라 오히려 앉기 편하다며 자리를 바꿔주지 않았다.

　툇마루에 앉아 차를 마시는 일반적인 풍경과는 조금 달랐지만, 우리는 저녁노을로 물들기 전의 희뿌연 하늘을 바라보며 이야기를 나누었다.

"에구, 외국에서 사고를 당했다고?"

난 스기우라 씨의 물음에 스스럼없이 답했다. 자기소개는 어느새 푸념으로 바뀌어 있었다.

"그래. 네 말대로 모든 걸 새롭게 시작한다는 건 그리 쉬운 일은 아니겠구나."

"정말 그래요. 그런데 다들 쉽게 말한다니까요. 삿포로에 있는 학교에 가기 싫다고 몇 번이나 말했는데도 엄마는 삿포로가 좋다면서 뜻을 굽히지 않았어요. 학교는 엄마가 아니라 내가 다니는 건데."

늘 그랬다. 엄마는 매번 내가 가야 할 곳을 마음대로 정해놓고 그 이후는 나 몰라라 했다.

"유학 때도 우주에 혼자 내던져진 기분이었어요."

불만을 털어놓고 나자 눈물 한 방울이 톡 흘러내렸다.

"그랬구나. 언젠가 혼자 걸어가야 한다 해도 어릴 때는 역시 어른이 손을 붙잡아줘야 해. 그게 부모가 할 일이야. 중학생도 아직은 아이니까.”

스기우라 씨는 안쓰러운 듯 나를 바라보다가 뭐라고 중얼거리며 고개를 돌렸다. 그때 마침 울타리 너머로 유치원생으로 보이는 아이와 엄마가 나란히 즐겁게 걸어가고 있었다. 엄마는 아이의 손을 꼭 잡고 있었다.

우리 두 사람은 엄마와 아이가 지나가는 모습을 가만히 지켜봤다. 만약 엄마가 나와 함께 영국에 가주었다면 사고는 일어나지 않았을까? 스기우라 씨는 생각에 잠긴 날 걱정스레 바라보며 차가운 커피를 권했다. 고소하면서도 달콤한 캐러멜 향이 났다. 커피는 처음이었지만 이거라면 마실 수 있을 것 같았다.

“윽, 써.”

하지만 한 모금 마신 순간 나는 놀라고 말았다. 커피는 생각했던 것보다 몇 배는 더 썼다!

“하하하. 아직 너한테는 이른가?”

어린아이 취급에 살짝 기분이 언짢아졌지만 그래도 커피는 너무 썼다. 어른들은 이걸 즐긴다는 사실이 믿기지 않았다. 이 쓴 걸 참고서 맛있다고 거짓말할 때 비로소 어엿한 어른이 되는 걸까? 아니면 정말로 어른이 되면 커피가 맛있어지는 걸까?

"시럽이랑 우유를 듬뿍 넣어보렴. 그럼 마시기 편할 거야."

스기우라 씨는 놀라서 눈을 휘둥그레 뜬 날 보더니 웃으면서 개별 포장된 시럽과 우유가 든 작은 잔을 내밀었다. 그래, 유키지루시에서 나온 커피우유는 좋아하잖아. 난 순순히 아이스커피에 시럽과 우유를 가득 부었다. 커피를 잘 섞자 진한 갈색에서 연한 색으로 변했다. 한 모금 마셔보았다.

"…우유를 많이 넣는다고 커피가 커피우유로 바뀌진 않네요."

"하하하! 하긴 그러네."

커피우유는 달콤하고 부드러운 커피 맛이 나지만 진짜 커피는 시럽과 우유를 아무리 넣어도 시럽과 우유를 넣은 커피일 뿐이다. 커피라는 사실에는 변함없다.

"하지만 향이 너무 좋아요. 커피 향이 이렇게 좋은 줄 몰랐어요."

할머니와 엄마는 커피보다 차를 좋아해서 커피 향을 맡아본 적이 별로 없었다. 할아버지는 종종 인스턴트커피를 마셨지만 지금 마시는 커피와는 전혀 다른 향이었던 것 같다.

"신기해요. 마치 꽃향기가 나는 것 같아요."

"향이 정말 좋지? '노을 지는 타셋'이라고 내가 가끔 가는 카페가 있는데, 거기에서 산 거야. 모에레누마 공원 근처에 있는데 너도 다음에 한번 가보렴. 해 질 녘, 그 카페에서 바라보는 유리 피라미드에 물든 노을이 정말 아름다워."

"노을 지는 타셋…. 모에레누마 공원이요?"

"응. 자연테마파크 사토랜드 근처에 있는데, 모르니?"

'타셋tacet'은 음악 용어라 알지만 '모에레누마'나 '사토랜드'는 처음 들어본 말이라 낯설었다.

"삿포로에 온 지 얼마 안 돼서요."

"그러면 잘 모르겠구나. 모에레누마 공원은 자연경관이 정말 멋져. 가족뿐만 아니라 데이트하는 연인들도 많이 가고, 어떤 아이돌은 콘서트 기간에 몰래 들르기도 했다더라고."

"유명한 곳인가 보네요."

"그런데 노을 지는 타셋 말이야, 거기 커피가 너무 맛있어서 그런지 사람들이 카페 점장을 '마녀'라고 부른다지 뭐니. 자전거를 타고 가긴 괜찮은데 걸어가기엔 좀 멀어. 다음에 꼭 같이 가자."

"네, 꼭 같이 가요!"

'마녀'라니 좀 이상하지만 어떤 곳일지 엄청 궁금했다. 해

질 녘 유리 피라미드라니 말만 들어도 너무 아름다울 것 같
았다.

"아침과 달리 환한 얼굴이라 정말 다행이구나."

스기우라 씨가 날 바라보며 싱긋 웃어주었다.

"아침에는 정말 학교 가기 무서울 정도로 불안했는데, 이
게 다 스기우라 씨 덕분이에요."

"덕분이라니…. 괜찮아졌으면 그걸로 됐어. 나도 등을 떠
밀긴 했지만 네가 괜히 나 때문에 더 힘들어지는 건 아닐까
계속 걱정했거든."

나는 안심한 듯한 스기우라 씨를 보며 서둘러 고개를 저
었다.

"그럴 리 없어요. 만약 안 좋은 일이 있었다 해도 스기우라
씨 탓은 아니에요. 그저 저랑 제 주변 문제죠."

"그럴지도 모르지. 하지만 인생은 '실'과 같다는 노래 가사
도 있잖아. 여러 가닥의 실이 엮여서 그 사람의 인생이 만들
어지곤 하지. 어떤 날엔 괜찮을 거라 믿고 잡아당긴 실이 되
돌릴 수 없을 만큼 엉켜버리기도 하니까."

스기우라 씨는 아침에 그랬던 것처럼 내 볼을 살며시 잡
았다.

"하지만 아침에 네 얼굴을 봤을 땐 말을 걸지 않을 수 없었어. 잘 풀려서 다행이야. 정말 잘됐어."

"스기우라 씨…."

이런 머리에 이렇게 요란한 옷을 입은 어른은 처음 봤다. 큰 목소리에도 놀랐지만 길을 가는 사람에게 일방적으로 말을 거는 모습도 조금, 아니, 많이 무서웠다. 그렇지만 지금 나를 바라보고 있는 스기우라 씨는 너무나 다정하고 좋은 사람이다. 어딘가 모르게 조금 쓸쓸해 보이기도 하지만.

적어도 집에 다른 사람은 없는 것 같았다. 어쩌면 그녀의 이 따스한 다정함은 그 쓸쓸함에서 오는 것인지도 몰랐다. 그래서 자신처럼 쓸쓸해 보였던 내게 다정하게 대해준 걸지도 모른다. 하지만 동시에 스기우라 씨에게선 그런 '연약함'도 밝은 미소로 날려버릴 것 같은 힘이 느껴졌다. 쓸쓸해 보인다고 제멋대로 상상하는 내가 주제넘어 보일 정도로. 나는 스기우라 씨와 한 시간 정도 화기애애한 분위기 속에서 이따금 웃음을 터트리며 잡담을 나누었다.

어느새 시간이 흘러 황혼이 다가와 있었다. 헤어져야 할 시간이다. 그렇게 싫었던 햇살인데 지금은 계속해서 비춰주었으면 했다. 하지만 이제 가야 한다. 슬슬 돌아가지 않으면 엄마가 걱정할 테고, 스기우라 씨에게도 폐가 될 테니까.

"오늘 정말 감사했어요. 스기우라 씨 덕분에 앞으로도 힘 낼 수 있을 것 같아요."

"감사는 무슨. 혹시 진짜 힘든 일이 생기면 억지로 애쓰지 마. 하루하루는 차곡차곡 쌓여서 만들어지는 거니까. 내일 하루 웃으며 지낼 수 있다면 그걸로 된 거야. 그런 일주일, 한 달이 이어지면 눈 깜짝할 사이에 일 년이 지나가지."

말처럼 쉬운 일은 아닐 것이다. 그래도 조금이라도 웃으며 지낼 수 있도록, 그런 마음으로 하루하루를 보내는 건 정말 좋은 태도가 아닐까.

"그럼 내일도 웃는 시간을 늘려볼게요."

"그래, 내일도."

"네, 또 그다음 날도요."

힘차게 대답한 나에게 스기우라 씨는 고개를 끄덕이며 조심히 돌아가라고 배웅해주었다. 진짜 조심해야 할 것 같았다. 마음이 둥실둥실 들뜬 것 같았으니까. 하지만 그 덕분에 집에 돌아왔을 때 "학교는 어땠어?", "친구는 사귀었니?" 같은 엄마의 끈질긴 질문 공세도, 매번 콕콕 쑤셔대는 여동생의 비아냥도 가볍게 넘기고 내 방으로 도망칠 수 있었다.

괜찮을 거야. 분명 내일도 괜찮을 거야. 만약 잘못된다 해도 스기우라 씨가 내 이야길 들어줄 거야. 아무 일 없어도 스기우라 씨네 집에 또 가야지. 활짝 핀 해바라기도 기다려지고, 모에레인가 뭔가 하는 공원의 유리 피라미드도 보고 싶고, 카페에도 가고 싶어.

항상 '내일'을 생각하면 마음이 움츠러들었다. 하지만 오늘은 달랐다. 내일 또 스기우라 씨와 인사 나눌 생각을 하니 저절로 웃음이 나왔다. 그렇게 편안한 마음으로 잠들었다.

3

다음날 아침도 날이 참 좋았다. 어제만큼은 아니지만 하늘도 파랬다.

"예년 같으면 이맘때쯤 리라추위가 기승을 부리곤 하지만 올해는 온화한 날씨가 이어지다 여름이 될 것으로 예상됩니다."

TV에서 기상예보관의 말이 흘러나왔다. '리라'는 라일락을 뜻하며 라일락이 피는 오월 말쯤 찾아오는 깜짝 추위를 리라추위라고 부른다. 어제 집에 돌아와 찾아봤는데, 라일락은 원래 홋카이도에 자생하던 꽃은 아니고 예전에 미국에서 건너온 사라 클라라 스미스 선생님이 삿포로에 들여온 것이 시작이라고 한다. 1960년에는 삿포로의 나무로 선정되었고 매년 이맘때면 오도리 공원에서 라일락 축제가 열린다고 한다. 일본 이름은 '무라사키하시도이紫丁香花'로 보랏빛 향기로운 꽃이라는 뜻이다. 꽃말은 '추억'과 '소중한 친구'다. 매년 시에서 무료로 묘목을 나누어주어 지금은 주택가의 정원마다 라일락이 피어 있다.

나는 이 멋진 꽃이 너무나 마음에 들어 향긋한 꽃내음을 맡으며 학교로 향했다. 그래서였을까, 오늘은 순식간에 학교에 오고 말았다.

"아니, 길을 헷갈렸나?"

오늘 아침에는 스기우라 씨를 만나지 못했다. 오다가 그냥 지나친 모양이다. 하지만 스기우라 씨라면 날 보고 그냥 지나쳤을 리 없는데. 그렇다는 건, 길을 헷갈렸거나, 스기우라 씨가 통학로에 서 있지 않았거나, 둘 중 하나가 아닐까. 어쩌다 집에 들어갔을 때 내가 지나갔는지도 모른다. 스기우라 씨가 내 걱정을 하고 있진 않겠지? 학교 끝나고 집에 갈 때는 꼭 만나서 인사해야지. 그런 생각을 하는 사이 수업이 시작되고 어느덧 반나절이 지나가 있었다.

오늘은 그런대로 많이 웃은 것 같다. 수학은 엄청 어려웠다. 솔직히 어느 과목이든 따라가기 바빠서 웃을 여유는 없었다. 하지만 적어도 쉬는 시간에는 밝은 표정을 지었다. 이런 모습을 스기우라 씨에게 칭찬받고 싶었다. 아니, 뭐 꼭 그런 건 아니지만 나름대로 열심히 했다고 말하고 싶었다. 딱히 약속한 건 아니지만 어제 헤어질 때 나눈 인사는 내일 또 보자는 말이었다.

마치 새로운 친구를 사귄 것처럼 들뜬 것 같았다. 그래서 하굣길에는 길을 확인하며 분명 어제와 똑같은 길로 갔다. 그런데 어느새 집 앞에 도착해 있었다.

"히마리, 왔니?"

마침 택배 기사님에게 물건을 받으러 나온 엄마가 내게 말했다. 이상하다. 도대체 왜? 틀림없이 똑같은 길로 왔는데…. 통학로에서 스기우라 씨를 발견하지 못했을 뿐만 아니라 스기우라 씨네 집 자체를 찾지 못했다.

"엄마, 학교에 깜박하고 물건을 두고 왔어. 다시 갔다 올게."

"어? 꼭 오늘 가야 하니?"

"내일 제출할 프린트물이라서 가야 해!"

난 교복을 입은 채로 서둘러 자전거에 올라탔다. 뭔가 이상해. 이게 대체 어떻게 된 거지?

길을 헷갈렸을 리 없다. 학교는 세이코마트가 있는 길까지 가서 왼쪽으로 돌아 그대로 가다가 큰길이 나오면 다시 왼쪽으로 돌아 쭉 가면 나온다. 스기우라 씨네 집은 큰길 못미처 나와야 한다. 내가 착각했나 싶어 근처 골목과 다른 길로 가서 스기우라 씨네 집을 찾아봤다. 숨이 턱까지 차오르도록 뛰어다녔지만 스기우라 씨네 집은 온데간데없었다.

"이게 대체 어떻게 된 일이지?"

길을 헷갈린 건 아니었다. 하지만 기억력을 끌어올려 여기다 싶은 곳을 찾아도 눈앞에는 코인 주차장만 덩그러니 남아 있을 뿐이었다.

"길을 헷갈린 건 아닌데. 그럴 리 없어. 그런데 주차장이라니, 대체 왜?"

자전거에서 내려 멍하니 코인 주차장을 바라봤다. 백번 양보해서 주차장을 하루 만에 지을 수 있다 치더라도 집을 부수고 치우는 것까지 하룻밤 만에 끝내는 게 가능한가? 아니, 말도 안 된다. 스기우라 씨는 딱히 이사 준비를 하는 것 같지도 않았던 데다가 어차피 곧 없어질 마당에 해바라기 씨를 뿌릴 사람이 어디 있을까?

라일락 나무에 피어 있던 향기로운 꽃은? 라일락의 꽃말은 '추억'과 '소중한 친구'다. 이곳에 있던 '친구'는 대체 어디로 사라진 걸까?

"꿈이었나? 아니면 망상?"

그럴 리 없다. 꿈이나 망상은 절대 아니다. 난 어제, 분명히 이곳에서 스기우라 씨와 만났다.

"미사키, 지금 가는 거야?"

그때 뒤에서 누가 불쑥 말을 걸었다. 뒤돌아보니 마침 귀가 중이던 야마네와 오이카와 그리고 다니가 보였다. 그들을 보고 나는 안심했다.

"아, 아니, 잠깐 볼일이 있어서."

우리는 어제 함께 스기우라 씨에 대한 이야기를 나눴다. 세 사람도 아는 사람이니까 내 망상일 리 없을 거야!

"저기, 있잖아! 혹시 여기에 있던 집 기억나?"

큰 기대를 품고 셋에게 이곳에 관해 물었다.

"응? 집? 잘 모르겠네. 여긴 몇 년 전부터 계속 주차장이었는데."

야마네가 의아한 표정으로 대답했다.

"그럼 스기우라 씨는?"

"스기우라 씨?"

셋은 이상하다는 듯 서로를 마주 봤다.

"그럴….."

그럴 리 없다. 절대로 그럴 리 없다. 어제 세 사람이 스기우라 씨 이야기를 해주었는데….

"이런 일이….."

거짓말이지? 농담이라고 말해줘. 날 놀리는 거지?

말이 목까지 차올랐지만 셋이서 일부러 그러는 것처럼 보이진 않았다. 말도 안 돼. 하룻밤 만에 집이 주차장으로 바뀔 수는 없는 거잖아.

"…괜찮아?"

하얗게 질린 얼굴로 어쩔 줄 몰라 하는 나에게 다니가 걱정스러운 듯 물었다. 괜찮을 리 없다. 하지만 망상과 현실이 뒤엉켜버린 것 같다는 말은 할 수 없었다.

어제 일이 망상이었다니 도저히 믿기지 않았다. 그렇게 즐거웠는데 모든 것이 내 망상이었다니, 정말이지 말도 안 된다. 이보다 더 무서운 일은 없으리라. 좀 특이하지만 다정한 할머니가 친절을 베풀어주었는데…, 이곳에서 커피를 마셨는데… 문득 떠올랐다.

"아, 맞다. 카페!"

"카페?"

"타셋…, 저기, 이 근처에 원래 무슨 늪이었다는 큰 공원은 어딨어? 모에루? 모에로? 그리고 무슨 테마파크는?"

"모에레누마 말하는 거야? 자연테마파크 옆에 있는 거? 그런데 여기서 그렇게 가깝지는 않아."

"꽤 멀었던 것 같은데."

"응, 걸어서 가기엔 멀어. 자전거로 가면 한 30분 정도 걸릴걸."

세 사람은 또다시 서로를 마주 봤다. 오이카와가 가방에서 스마트폰을 꺼내 지도 앱을 켜 보여주었다. 그리 복잡해 보이는 길도 아니고 자전거로 가면 못 갈 거리도 아니었다. 적어도 '모에레누마 공원'은 분명히 존재하고 있었다. 내가 몰랐던 장소다. 그러니까 분명히… 어제 일은 내 망상이 아닐 것이다.

난 고맙다고 말한 뒤 자전거에 올라탔다. 야마네가 그런 날 보며 걱정스러운 듯 물었다.

"혼자 가려고? 괜찮겠어? 같이 가줄까?"

난 고개를 저었다.

"아니야. 괜찮아. 혼자 갈 수 있을 것 같아."

스기우라 씨 이야기를 또 했다간 날 이상하게 생각하며 더 걱정할 게 뻔했다. 망상이 아니라고 믿고 싶었다. 난 틀림없이 어제 이곳에서 스기우라 씨와 만났으니까. 실낱 같은 희망에 의지해 자전거 페달을 힘껏 밟기 시작했다.

시내 중심부를 벗어나 산카쿠텐 거리로 접어들면 그 다음부터는 곧장 앞으로 가기만 하면 된다.

상점이 줄지어 있는 번화가를 지나 주택가로 들어가 강을 건너자마자 눈앞에 갑자기 삭막한 풍경이 모습을 드러냈다. 목초지대와 건축회사로 보이는 낮은 건물이 드문드문 서 있는 그곳에 공원이나 카페가 있을 것 같지 않았다.

길을 잘못 왔나 싶어 걱정됐지만 모에레누마 공원을 가리키는 표지판이 있으니까 이 길이 맞을 터였다. 하지만….

어쩌다 보니 여기까지 오고 말았다. 나는 완전히 녹초가 되어 좀 더 여유가 있을 때 올 걸 그랬다며 후회하기 시작했다. 물론 이제 와 후회해봤자 소용없다는 걸 알면서도 초조함과 쓸쓸함, 분함과 불안, 혼란이 한꺼번에 파도처럼 밀려왔다. 바로 어제 항상 웃으며 지내겠다고 약속했는데. 희망과 불안이 엎치락뒤치락하는 와중에도 난 힘껏 페달을 밟았다.

이윽고 식당과 주택들이 모습을 드러내더니 '모에레누마 공원'이라고 적힌 간판이 눈에 들어왔다. 공원 입구로 이어지는 커다란 게이트를 지나 그 카페는 나무들 사이에서 불쑥 모습을 드러냈다. 나도 모르게 몸이 떨려왔다.

"있다. 정말 있어…. 노을 지는 타셋."

무심코 튀어나온 말에 나 역시도 반신반의하고 있었다는 걸 비로소 깨달았다. 망상이라고 믿고 싶지 않은 나와 포기하고 받아들이려는 내가 팽팽히 맞서고 있던 것이다.

'노을 지는 타셋'은 이름처럼 저녁노을을 닮은 오렌지색 벽돌로 지어진 카페였다. 멋스러운 삼각형 지붕과 커다란 창문 위에 설치된 차양은 약간 빛바랜 붉은색이었다. 벽돌을 타고 오른 마른 덩굴 사이로 싱그러운 초록 새싹이 고개를 내밀고 있었다. 차를 세 대쯤 댈 수 있을 것 같은 주차장 안쪽에는 정원이 예쁘게 가꿔져 있었는데, 흰색과 분홍색 라일락이 바람에 흔들리고 있었다.

그 모습을 보자마자 울고 싶어졌다. 하지만 간신히 참았다. 내 목적은 이게 아니다. 조심스럽게 자전거를 세우고 카페 문으로 손을 뻗었다. 꽤 묵직해 보이는 거무스름한 나무 문이었다. '영업 중'이라고 적힌 안내판 아래에는 '영업시간: 일몰까지'라고 쓰여 있었다.

힘껏 문을 잡아당기자 뜻밖에도 가볍게 문이 열렸다. 둔탁한 도어벨 소리가 또렷하게 울려 퍼졌다.

"어서 오세요."

키가 크고 날씬한, 아름다운 여성이 카운터에서 밝은 미소로 날 맞이해주었다. 이 사람이 스기우라 씨가 '마녀'라 말한 카페 점장일까? 윤기 흐르는 진한 갈색 머리카락과 똑같은 색깔의 맑은 눈동자가 반짝이더니, 그녀의 도톰한 입술이 마치 재미있는 걸 발견하기라도 했다는 듯 모양을 바꾸며 나를 똑바로 응시했다.

"저…."

"이쪽으로 오세요."

점장님은 날 카운터 맞은편 자리로 안내했다. 손님으로 온 게 아니었기 때문에 조금 당황했다. 게다가 하굣길에 그대로 왔기 때문에 돈도 하나도 없었다.

"저, 실은 지갑을 안 가져왔어요."

"전자결제도 가능하긴 한데…. 그것도 없어? 혹시 빈털터리 손님?"

"네, 맞아요. 그렇긴 한데 사실 오늘은 손님으로 온 게 아니라…."

머뭇거리는 나를 보며 점장님은 살짝 고개를 갸웃거렸다. 난 자리를 권해준 호의를 무시하기도 뭐해서 그 앞에 가서 섰다. 걸을 때마다 마루로 된 바닥에서 약하게 삐걱거리는 소리가 났다. 발소리는 가볍게 이어졌지만, 정작 여기까지 와 놓고도 무슨 말을 꺼내야 할지 몰라 망설였다.

이걸 어떻게 설명해야 하지?

그렇다고 가만히 서 있기만 할 수도 없었다. 심호흡을 한 번 하고 용기내 물었다.

"저…, 진짜 이상한 이야기일지도 모르지만… 혹시 스기우라 씨를 아시나요?"

잠시 정적이 흘렀다. 나는 빠르게 뒷말을 이었다.

"아주 유쾌한 할머니세요. 그리고 눈이 어질어질할 정도로 화려한 옷을 입고, 또…."

카페에 도착해 스기우라 씨에 대해 물어보기 직전 마음속으로 생각했다. 야마네, 오이카와, 다니처럼 기억하지 못할 거야. 아니, 애초에 손님을 일일이 기억할 리 없다고. 그러면서도 실은 간절했다.

나를 물끄러미 바라보던 점장님이 이윽고 고개를 가볍게 끄덕이며 대답했다.

"응, 알아."

"네?"

"화려한 무늬나 자수가 들어간 옷이 무척 잘 어울리는 분이었어. 향이 좋으면서도 산미가 강하고 깔끔한 맛이 특징인 에티오피아 커피를 즐겨 드셨지."

"아…."

그녀는 나를 찬찬히 훑어보았다. 하지만 내 눈에서 눈물방울이 또르르 흘러내리자 이내 다정한 미소를 지어 보였다. 확실하다. 그녀가 말하는 사람은 틀림없이 내가 기억하는 '스기우라 씨'다. 환상도 망상도 아니다. 지금 그녀는 확실히 스기우라 씨 이야기를 하고 있다.

그래, 이건 진짜 기억이야. 꿈이 아니었어. 스기우라 씨는 진짜로 존재했다. 내 망상이 아니라!

"이상한 얘기라는 건 저도 알지만… 스기우라 씨를 아무도 기억하지 못해요. 집도 없어졌어요. 하룻밤 사이에! 말도 안 된다는 거 알지만, 정말로 어제 갔던 스기우라 씨네 집이 오늘은 주차장으로 바뀌어 있었어요. 그래서….”

내가 눈물을 흘리며 말을 쏟아내자, 그녀는 대수롭지 않게 “그랬구나” 하고 말했다.

“…그랬구나, 라고요?”

“그래, 알고 있어.”

“네?”

“음, 지금 내가 말해줄 수 있는 건 네가 알고 있는 ‘스기우라 씨’는 이제 없다는 거야.”

“네? 도대체 왜! 어째서 그렇게 심한 말을 하는 거예요?”

나도 모르게 목소리를 높이자 그녀는 살며시 자기 입술에 검지 손가락을 갖다 댔다. 그리고 내게 메뉴판을 내밀었다.

“뭐라도 마시지 않을래? 우선 앉는 게 좋겠어.”

“아….”

그제야 내가 영업을 방해하고 있다는 사실을 깨달았다. 다행히 다른 손님은 없었지만 그래도 충분히 민폐였을 것이다.

“죄, 죄송해요. 이만 가볼게요.”

당황한 내가 나가려 하자 그녀가 날 불러 세웠다.

“잠깐만! 그런 게 아니야. 괜찮으니까 잠시만 앉아줄래?”

“하지만….”

“괜찮아, 괜찮아.”

점장님은 타이르듯 날 붙잡았다.

“…죄송해요. 그럼 내일 꼭 돈을 가져올게요.”

그녀가 난처한 듯 웃으며 고개를 저었다. 어이없어하는 것 같았다. 카페에 오면서 돈을 가져오지 않은 내가 부끄러웠다.

“전… 스기우라 씨네 집처럼 이곳도 없을까 봐 무서웠어요.”

“그래, 알아.”

그녀는 날 바라보며 옅게 미소 지었다.

4

바닥처럼 반들반들한 나무 벽에는 멈추어 있는 낡은 시계
와 파스텔 색조의 드라이플라워, 세피아 빛 포스터가 걸려
있었다. 그리고 선반에는 머그잔들이 가지런히 놓여 있었다.
전체적으로 어딘가 모르게 살짝 빛바랜 듯 보였다. 마치 낡
은 사진 같은 아련한 색으로 둘러싸여 있어서 나까지 그 색
으로 물든 것 같은 신기한 기분이었다. 건네받은 메뉴판 표
지에는 이렇게 쓰여 있었다.

'저희 카페는 조용하고 편안한 시간을 지향합니다. 큰소

리로 나누는 대화나 휴대전화 사용은 자제해주시길 부탁드
립니다.'

카페 이름에 있는 타셋을 떠올렸다. 타셋은 음악 용어로
노래나 연주를 하지 않는 '긴 휴식'을 의미한다. 커다란 창문
너머로 막 해가 기울기 시작한 하늘이 보였다. 이곳은 황혼
무렵의 시간을 고요히 음미하기 위한 공간임이 확실했다.
"어떤 걸로 마실래?"
솔직히 메뉴를 봐도 뭐가 뭔지 잘 몰랐다. 그래도 뭔가 하
나 주문해야 할 것 같아 한참을 고민하다 가장 달콤해 보이
는 '캐러멜 라테'를 골랐다.

'브라운스위스 우유의 고소하면서도 부드러운 풍미와
수제 캐러멜 그리고 특별히 블렌딩해 진하게 로스팅한 원두
의 깊이 있는 향이 어우러진 하모니를 음미해보세요.'

메뉴판에 쓰여 있는 설명문을 읽어도 어떤 맛일지 전혀 상
상이 가지 않았다. 하지만 스기우라 씨네 집에서 마신 커피
도 좋은 향이 났으니까, 이 커피에도 우유와 캐러멜이 들어

갔으니 마실 수 있을 것 같았다.

내가 주문하자 점장님은 카운터 안쪽에 있는 기계로 향했다. 커피는 저렇게 내리는 거구나. 신기해서 바라보자 그녀가 나를 돌아보며 싱긋 웃었다. 하지만 작업 중에는 말을 걸면 안 될 것 같아서 조용히 지켜보기만 했다. 이윽고 귀엽고 동그랗고 빨간색인 머그잔 가득 얹어진 우유 거품 위에 은은한 색깔의 캐러멜 소스가 뿌려진 라테가 나왔다.

천천히 식혀가며 한 모금 마셨다. 먼저 우유와 캐러멜의 부드러운 향이 입안에 감돌다가, 화사한 꽃내음이 번졌다. 마지막에는 달콤함과 캐러멜의 고소함, 커피의 쌉싸름한 맛이 뒤따라왔다. 뒷맛은 썼지만 조금씩 홀짝이며 마시기에는 달콤했고 마실 때마다 느껴지는 향이 좋았다.

"괜찮니? 너무 달지 않아?"

그녀가 카운터에 팔꿈치를 괴고 몸을 내밀며 물었다.

"네, 괜찮아요. 맛있어요. 이 커피… 어제 스기우라 씨가 만들어준 커피랑 비슷한 거 같아요."

"응, 맞아. 스기우라 씨가 좋아하는 에티오피아 커피도 들어 있어."

커피 맛은 모르지만 처음 마신 그 맛과 향은 기억한다. 어

제 스기우라 씨와 함께한 시간이 커피 향과 함께 진하게 되
살아나자 또다시 눈물이 나올 것만 같았다.

"저… 스기우라 씨 말인데요."

"응."

어제 스기우라 씨와 처음 만났고 이 카페에서 산 커피를
마셨으며 그녀 덕분에 오늘도 학교에 갈 수 있었다는 이야기
를 털어놓았다. 그러나 오늘은 스기우라 씨를 찾을 수 없었
고 그녀의 집이 있던 자리에는 코인 주차장이 있었던 것과
스기우라 씨에 관해 알려준 반 친구들도 스기우라 씨를 깨끗
이 잊어버렸다는 이야기를 늘어놓았다.

점장님은 가만히 내 이야기에 귀기울였지만 솔직히 어디
까지 믿는지는 알 수 없었다. 말하고 있는 나조차 점점 불안
해졌다. 어쩌면 내가 현실과 구별하기 어려운 터무니 없는
환상을 보았는지도 모른다. 사고를 당했을 때 머리를 부딪혔
기 때문일지도 모르고 새로운 곳에 적응하느라 스트레스받
아서 그럴지도 모른다.

"…이상한 이야기라고 생각하시죠?"

이야기를 마치며 물어보자 그녀는 어색한 미소를 지어 보
였다.

“하지만 제 기억 속에선 분명히 스기우라 씨가 있었어요. 이 카페도 알려주었고 다음에 같이 가자고….”

대체 어디까지가 현실이고 어디부터가 거짓일까. 난 더 이상 어떤 말을 해야 좋을지 몰라 머그잔을 들여다봤다. 기억이나 추억은 좀 더 견고할 거라고 믿었었다. 좋은 쪽으로든 나쁜 쪽으로든. 그런데 지금은 마치 이 우유 거품처럼 덧없고 미덥지 못했다. 이곳에서 이렇게 캐러멜 라테를 마시고 있는 것조차 현실이 아닐지도 모른다.

“어제 웃으며 마신 쓴 커피의 맛과 향이 이렇게 생생한데, 꿈을 꾼 걸까요?”

커피에서 피어오르는 김을 보며 한숨을 내쉬었다.

“아니야, 꿈이 아니야.”

내 불안감을 날려버리듯 점장님이 단호하게 말했다.

“네?”

“꿈이 아니야. 환상을 본 것도 아니고. 하지만….”

그녀가 여기까지 말했을 때, 갑자기 카페 문이 열리며 도어벨이 울렸다.

“어서 오세요.”

점장님이 손님을 향해 인사를 건넸다.

"잘 지냈어요?"

웃으며 인사한 사람은 곱게 물든 흰머리가 멋지게 어울리는 할아버지였다.

"고바야시 씨가 평일에 다 오시고 어쩐 일이세요?"

"아, 그러네요. 항상 주말에 왔는데."

주말에 온다는 건 평일에는 일하기 때문일까? 멋진 양복을 차려입은 모습을 보니 유학 시절의 엄격한 선생님이 떠올랐다. 항상 인상을 쓰고 계시던 선생님과 달리 고바야시 씨는 온화한 표정이었지만, 왠지 높은 사람 같은 분위기가 풍겼다. 회사 사장님이라도 되는 걸까?

"어떤 걸로 드시겠어요? 늘 마시는 코스타리카로 드릴까요?"

"네, 아, 아니, 오늘은 좀 더 쓴 게 좋겠군요."

"그럼 과테말라… 아니면 산미가 아예 없는 쪽이 좋을까요?"

"네, 그렇게 해줘요. 오늘은 그런 기분이라서요."

나는 두 사람의 이야기를 듣고 있으면서도 무슨 이야기인지 알아듣지 못했다.

고바야시 씨는 나와 한 자리 떨어져 앉았고, 나와 눈이 마주치자 가볍게 고개를 끄덕여 인사했다. 당황한 나도 가볍게 인사했다. 점장님은 '조금 있다가 얘기하자' 하고 눈짓했다. 나는 하는 수 없이 고개를 끄덕였다.

"깊이 있는 맛을 원하시는군요. 마침 오늘 마시기 적당한 만델링이 있는데 어떠세요? 살짝 덜 볶아서 쓴맛 자체는 덜하지만, 흙 내음이 연하게 느껴지는 독특한 커피예요."

"음, 그럼 그걸로 주세요. 히구레 씨는 오늘 안 왔나요?"

"모카랑 병원에 갔어요."

"그래요? 히구레 씨도 바쁘네요."

"자기가 좋아서 하는 일인걸요."

대화 내용은 이해하기 힘들었지만 고바야시 씨는 이 카페의 단골인 듯했다. 나는 두 사람을 방해하지 않으려 조용히 앉아 있었다. 그러자 점장님이 배려하듯 내게 말을 걸어주었다.

"저기….."

"아, 미사키예요. 미사키 히마리."

"그렇구나. 히마리, 뭐 더 마실래? 아니면 같은 걸로 줄까? 저녁 먹기 전이니까 좀 덜 단 게 나으려나?"

집에 가면 바로 저녁을 먹어야 하는데 너무 단 걸 많이 마시면 밥을 먹기 힘들지도 모른다.

"그래도 너무 쓰면 마시기 힘들어서…."

"아, 쓰면 못 마시는구나…. 그럼 쿠키는 어때? 달콤한 과자랑 같이 먹으면 조금 써도 마시기 괜찮을 거야."

점장님이 좋은 생각이 떠올랐다는 듯 생긋 웃으며 밝은 목소리로 말했다.

"…저녁 먹기 전인데요?"

우리 이야길 듣고 있던 고바야시 씨가 잠시 생각하더니 고개를 갸웃하며 물었다.

"그러네. 그럼 안 되겠다."

게다가 달콤한 과자를 먹으면 캐러멜 라테를 먹는 것과 전혀 다를 게 없고 저녁밥을 먹기 더 힘들어질 것 같았다.

점장님은 깜빡했다면서 쑥스럽게 웃었다. 빈틈없는 사람인 줄 알았는데 의외로 허술한 면도 있었다.

"음… 레몬은 있는데 레모네이드를 만들 양은 안 되고, 오렌지주스도 떨어졌고…."

"전 괜찮아요. 이 캐러멜 라테 정말 맛있었어요."

난처해하는 점장님에게 다급히 말하자 고바야시 씨가 말했다.

"그럼 커피소다는 어때요?"

"네?"

커피? 소다?

"그거라면 쓰지 않겠네요."

고바야시 씨의 제안에 점장님이 다시 생긋 웃었다. 그런데 커피소다? 왠지… 맛있을 것 같지 않았다.

"그래? 마셔봐. 괜찮을 거야."

"전… 정말로 아까 마신 캐러멜 라테도 괜찮아요!"

그렇게 말했는데도 점장님과 고바야시 씨는 빙그레 웃기만 할 뿐, 내 말은 듣지 않는 것 같았다.

"괜찮을 거야. 속는 셈 치고 한 번 마셔봐."

"네….."

나는 아이스 커피도 잘 못 마시는데 거기에 탄산까지 들어가면 더 마시기 힘들 것 같았다. 내 말을 들어주지 않는 어른들 앞에서 한숨만 참고 있었다. 잠시 후 점장님이 보글보글 거품이 나는 보리차 색깔의 음료가 담긴 유리잔을 내 앞에 내려놓았다.

"취향에 따라 레몬을 짜서 마시면 돼."

그러면서 레몬 한 조각이 올려져 있는 접시를 내밀었다.

우유가 들어가면 좀 더 나았을까 싶다가도 뭐든 내키지 않았다. 그렇지만 두 어른의 기대하는 눈빛을 이기지 못하고 체념하듯 빨대에 입을 대고 조심스레 소다를 빨아들였다.

"어?"

꿀꺽 한 모금 마시자마자 난 놀라지 않을 수 없었다. 둘의 미소가 점점 더 깊어졌다.

"어? 이거 커피 맞아요?"

쓴맛보다는 단맛이 먼저 느껴졌다. 커피라기보다 쓰지 않은 캐러멜처럼 고소했고 이어서 아주 연한 커피의 풍미가 느껴졌다. 하지만 전체적으로는 상큼한 과일 맛이 났다. 특유의 끈적한 단맛은 말린 살구 맛이랑 비슷한 것 같기도 했다. 그냥 마셔도 엄청 맛있었는데 레몬을 짜 넣었더니 훨씬 더 상큼하고 마치 입안에서 꽃이 활짝 피어나는 것 같았다.

"와, 정말 맛있어요. 이게 커피예요?"

"응. 맞아. 커피는 커피인데 커피콩이 아니라 열매로 만든 거야."

"열매요?"

"그래요. 커피콩은 커피 열매의 씨앗 부분이고, 이건 커피 열매의 과육으로 만든 시럽을 넣은 거예요."

점장님과 고바야시 씨가 기뻐하며 설명해주었다. 이건 정말 맛있었다. 속는 셈 치고 마시길 잘했다는 생각이 들었다.

"씨앗이구나…. '커피콩'이라고들 하길래 커피는 과육이 따로 없는 줄 알았어요."

"꽃도 참 예뻐. 재스민처럼 향도 좋고."

점장님은 카운터 안에서 뭔가 뒤적이더니 앨범을 꺼내 보여주었다.

"와, 진짜 예뻐요!"

전에 커피 농장에 갔을 때 찍은 사진이라고 했다. 하얗고 앙증맞은 꽃이 한데 모여 피어 있었다.

"라일락이랑도 조금 비슷하네요."

"그러네…. 품종은 다르지만, 커피 꽃은 향기랑 모양이 재스민이랑 비슷해. 라일락은 재스민이랑 같은 물푸레나무과고, 라일락이랑 커피나무도 더 거슬러 올라가다 보면 국화군에 속하니까 어쩌면 둘은 꽤 먼 친척쯤 되지 않을까."

"그렇구나…."

사진 속에는 새하얀 꽃이 정말 예쁘게 피어 있었다. 나는 커피 꽃이 하얗다는 사실에 조금 놀랐다. 따로 보여준 붉은 커피 열매는 언뜻 보기에 월귤 열매처럼 동글동글하고 단단해 보였다. 대신 월귤보다 훨씬 더 빽빽하게 가지에 주렁주렁 매달려 있었다. 그렇지, 꽃은 열매가 되는 거였지. 나는 당연한 사실에 감탄했다.

"…스기우라 씨도 커피 꽃을 좋아할까요?"

나도 모르게 던진 말에 점장님이 입꼬리를 살며시 올렸다.

"꽃을 참 좋아하던 분이었으니까 분명 그럴 거야."

고바야시 씨가 와서 이제 스기우라 씨 이야기는 못하겠구나 싶었는데 점장님은 자연스럽게 대답해주었다.

"역시, 여자분들은 꽃을 좋아하는군요."

커피를 마시던 고바야시 씨는 우릴 보며 미소 지었다.

"안 그런 사람도 있겠지만요."

우리 엄마는 꽃을 좋아하지 않는다. 취향에 성별이 따로 있는 건 아니다. 꽃을 좋아하는 여성만큼이나 꽃을 좋아하는 남성도 있을 것이다.

"그렇죠. 그래도 꽃을 싫어하는 사람은 별로 없을 거예요. 난 예쁜 꽃을 보면 이상하게 설레고 기분이 좋거든요."

점장님이 말했다. 나도 꽃을 무척 좋아한다.

"저도 그 마음 알아요. 하지만 꽃이 예쁘다고 느낄 수 있는 건 마음에 여유가 있을 때인 것 같아요. 힘들 때는 예쁜 것도 눈에 잘 안 들어오니까.”

실제로 내가 예쁜 라일락꽃을 알아본 건 스기우라 씨를 만난 이후 학교에 갔다가 돌아오는 길이었다.

“그 순간이 행복했거나 즐거웠기 때문에 꽃이 아름답게 보이는 거 아닐까요.”

“행복하니까 아름답게 보이는 건가요? 그렇군요….”

내 말에 무언가를 깨달은 듯한 고바야시 씨가 갑자기 슬픈 표정을 지었다. 그의 미간에 주름이 깊게 졌다.

“혹시 제가 하면 안 되는 말이라도 했나요?”

그의 표정이 너무나 슬퍼 보여서 무심코 묻고 말았다.

“그런 게 아니라… 오늘이 세상을 떠난 아내의 생일이라서요.”

그는 천천히 고개를 저으며 머그잔을 입에 가져갔다.

5

"아내가 떠난 지 벌써 팔 년이나 지났군요."

고바야시 씨는 조용히 이야기를 시작했다. 희뿌연 하늘이 붉은 노을빛으로 물들어 갈 즈음이었다.

멈춰 있는 낡은 시계와 그윽한 커피향, 그리고 타셋은 다른 카페와 달리 음악이 흘러나오지 않는다는 사실을 그제야 깨달았다. 이곳에서는 컵이 닿는 작은 소리나 사람의 몸이 내는 소리, 몸을 움직일 때 의자에서 나는 삐걱거리는 소리나 마루에서 나는 소리가 곧 배경음악이 된다. 고요한 침묵이 흐르고 고바야시 씨가 천천히 숨을 내쉬었다.

고바야시 씨의 부인은 세 살 연하로 두 사람 사이에는 안타깝게도 자식이 없었다. 하지만 그녀는 회사 일을 도우며 공적으로나 사적으로나 늘 그를 지지해준, 무척 의지가 되는 여성이었다고 한다.

"출세하고 나면 조강지처를 버리면 안 된다는 말도 있죠. 꼭 그래서가 아니라 난 정말로 아내를 사랑했어요. 아내에게는 늘 고마운 마음이었지요. 아마 아내도 알았을 거예요. 그런데…."

"그런데요?"

고바야시 씨는 다음 말을 찾는 듯 망설이다가, 이를 감추려는 것처럼 커피를 한 모금 마시고는 잠시 침묵에 잠겼다. 차마 빨리 이야기해달라고는 말할 수 없는 분위기였다. 나는 고바야시 씨 옆에서 커피소다를 한 모금 마셨다. 고바야시 씨가 불쑥 혼잣말처럼 중얼거렸다.

"쓰네요."

"평소 마시던 걸로 다시 내려 드릴까요?"

"괜찮아요, 오늘은 쓴 게 좋아요. 왠지 그러고 싶군요. 난 아내의 생일이 돌아올 때마다 마지막으로 둘이 함께 보낸 생일을 떠올리며 깊은 후회에 빠져든답니다."

자식이나 손주처럼 귀여워한 고양이와 개가 함께였지만 그래도 부부 둘만의 생활이었다. 매일 함께 일하면서도 부인이 쓸쓸할까 고바야시 씨는 이따금 부인과 둘이서 외출했다고 한다.

그날은 부인의 생일이라서 삿포로역 앞에 있는 호텔에서 맛있는 이탈리안 요리와 야경을 즐기고 집으로 돌아가는 길이었다. 둘 다 술을 마셔서 택시를 타려고 택시 정류장으로 향하던 중에 부인이 발걸음을 멈추었다고 한다. 무슨 일인가 싶어 바라보니 꽃집이 있었다.

"아내가 꽃집 앞에 서서 나에게 꽃을 사달라고 하더군요. '생일이니까 이 정도는 괜찮잖아요' 하면서."

술을 마셔서 기분이 좋았던 부인은 약간 발그레한 얼굴로 고바야시 씨에게 꽃을 사달라고 졸랐다. 매년, 서로의 생일 선물을 준비하지 않는 대신 일 년에 한 번 호화로운 여행을 떠나는 것이 부부의 약속이었다.

그래도 그런 작은 선물 정도는 망설이지 말고 해줬다면 좋았을 텐데, 하고 고바야시 씨가 혼잣말처럼 중얼거렸다. 과자나 예쁜 옷이나 가방이었다면 고민 없이 사주었을 것이다. 하지만 '꽃'이라서 고바야시 씨는 망설였다.

"난 옛날 사람이라 그런지 아내에게 꽃을 사주는 게 몹시 부끄러웠어요. 꽃집에 있던 손님은 모두 젊은 여성뿐이었지요. 점원도 마찬가지였고요. 그 여성들 앞에서 아내에게 꽃을 선물하는 게 왜 그렇게 힘들었는지…."

고바야시 씨는 참 쓸데없는 자존심과 부끄러움이었다고 말했다. 결국 그는 이런저런 핑계를 대고는 꽃을 사지 않았다. 그때는 꽃 따위는 중요한 게 아니라고 생각했다.

"하지만 그 후 얼마 지나지 않아 아내는 병을 얻었고 다음 생일을 기다리지 못한 채 세상을 떠나고 말았어요. 난 그제야 깨달았죠. 결국 내가 아내에게 꽃을 건넨 건 그녀가 관에 잠들었을 때였다는 사실을."

특별할 것 없는 '꽃'이라는 소박한 선물.

"그때는 왜 그렇게 완강히 싫다고 했는지…."

그는 목소리를 쥐어짜듯 말했다.

"난 아내가 어떤 꽃을 좋아했는지도 몰라요. 왜 쓸데없는 자존심을 내세우면서 아내를 기쁘게 해주지 못했는지…. 그 순간 아내의 얼굴에 떠오른 쓸쓸함을 난 지금도 잊을 수 없어요."

아내가 좋아하는 꽃을 무덤에 바칠 수 없는 자신에 대한 분노였을까, 머그잔 손잡이를 쥔 손이 떨리고 있었다. 그런데도 부인은 그런 그를 이해해주었고 다정한 말을 남긴 채 떠났다고 한다.

'마음 아파하지 말아요. 난 행복했어요.'

정말로 행복했을까, 아니면 체념이었을까. 부인의 생일이 돌아올 때마다, 꽃집을 지나갈 때마다, 불에 덴 듯한 아픔은 사라지지 않았고 그때의 기억 또한 마음에 달라붙어 떨어지지 않았다. 후회와 죄책감. 쓴 커피보다 더 쓰디쓴 마음….

"이런, 나 혼자 말을 너무 많이 했네요. 미안해요."

모든 감정을 황혼의 고요함 속에 다 쏟아낸 고바야시 씨는 현실로 돌아온 듯 머그잔을 내려놓았다.

커피를 다 마시고 나면 이 참회의 마법도 풀리고 마는 걸까? 고바야시 씨는 촉촉해진 눈시울을 손끝으로 누르며 쑥스러움을 감추려는 듯 멋쩍게 웃었다. 그의 슬픔이 내게 옮겨온 건지 내 양쪽 뺨에서도 눈물이 흘러내렸다. 손가락 상처가 욱신거렸다. 달콤해야 할 커피소다의 뒷맛이 씁쓸한 후회로 바뀐 것 같았다.

"이런, 미안해요. 분위기를 어둡게 만들려던 건 아니었는데."

내 눈물을 본 고바야시 씨가 당황했다. 어째서인지 점장님은 그런 날 보며 미소를 짓고 있었다.

"고바야시 씨, 한 잔 더 드시겠어요?"

"그래요. 더 마셔야겠네요."

점장님의 말에 고바야시 씨가 메뉴판을 들었다. 하지만 점장님이 살며시 손을 뻗어 그를 제지했다.

"혹시 제가 골라드려도 될까요?"

"네? 아, 좋아요. 그래 주시겠어요?"

그녀는 원통형 유리 용기를 우리 앞에 내려놓았다.

"이건… 홍차를 우릴 때 쓰는 티 서버 아닌가요?"

우리 집에서도 본 적이 있다. 엄마가 홍차를 우릴 때 가끔 사용하는 거였다. 원통형 유리병에 뜨거운 물과 찻잎을 넣어 우리고, 그물망 형태의 필터를 위에서 꾹 눌러 찻잎을 거르는 기구다.

"네, 일본에서는 보통 홍차용으로 쓰지만 사실 커피용으로 개발된 거예요. 정확히 말하면 '프렌치프레스'라고 하는데, 커피를 천천히 추출해서 평소와 다른 맛을 즐길 수 있어요."

"프렌치프레스요?"

"네. 플런저 포트나 보덤이라고도 해요. 종이 필터로 거르지 않는 만큼 유분 같은 것도 추출돼서 좀 더 농후한 맛을 즐길 수 있어요."

그런 만큼 커피 특유의 불순물도 우러나올 수 있기 때문에 꺼리는 사람도 있지만, 거꾸로 그런 다양한 풍미를 좋아하는 사람도 있다는 말에 고바야시 씨도 흥미가 생긴 모양이었다.

"모처럼 두 번째 잔도 새로운 맛에 도전해보고 싶네요."

어두워진 카페 분위기를 바꾸려는 듯 고바야시 씨는 애써 밝은 목소리로 말했다. 점장님은 한 잔 분량의 커피 원두를 용기에 넣고 우리에게 보여주었다.

"프렌치프레스용으로 블렌딩했어요. '4분 33초 존 케이지' 랍니다."

"네?"

익숙한 단어에 나도 모르게 반응하고 말았다. 피아노와 얽힌 기억은 떠올리고 싶지 않았는데.

"현대음악가 존 케이지요? "

"응. 그의 작품 중에 〈4분 33초〉라는 유명한 곡이 있어. 이 블렌딩은 말 그대로 4분 33초 동안 맛있게 추출되는 커피 야."

존 케이지, 그러니까 존 밀턴 케이지 주니어는 미국의 전위적인 현대음악가로 시인이자 사상가이다. 그런 존 케이지가 만든 〈4분 33초〉는 그야말로 전위적이면서 실험적이고 사상적이고 난해한 곡이다.

그 곡의 악보에는 음표가 없다. 4분 33초 동안 연주자는 곡을 연주하지 않는다. 그 시간 동안 사람들의 기침 소리나 의자를 끄는 소리 같은, 예기치 않게 들려오는 소리가 바로 이 〈4분 33초〉라는 곡이 된다. 조용한 '노을 지는 타셋'에 아주 잘 어울리는 곡이다.

"정말 좋네요."

고바야시 씨는 원두의 향을 맡으며 말했다.

"전 커피를 내리는 동안 늘 여러 가지를 생각해요. 물론 커피가 맛있길 바라는 마음이 제일 크지만, 그것 말고도 좋은 일과 나쁜 일, 앞으로 일어날 일과 잊을 수 없는 과거, 그런 것들을 기억 속에서 끄집어내기도 하죠."

"아…. 알 것 같아요."

고바야시 씨는 쓸쓸한 표정으로 고개를 끄덕였다.

"이 시간은 자신의 마음에 대고 이야기하는 시간이에요. 고바야시 씨, 잠시 꿈꿔보지 않으시겠어요?"

"꿈이요?"

"네. 이 커피가 만들어지는 동안 상상해보세요. 만약 그때로 돌아간다면 어떻게 하고 싶은지…."

커피 원두를 기계로 드르륵드르륵 갈아낸 점장님은 프렌치프레스에 커피 가루를 살살 부었다.

"누구나 돌아가고 싶은 시간과 되돌리고 싶은 행동이나 말이 있어요. 만약 부인의 생일날 밤으로 돌아가 4분 33초 동안 머물 수 있다면… 고바야시 씨는 어떻게 하시겠어요?"

"다시 그때로…?"

"네, 시곗바늘을 조금만 되감고, 자, 눈을 감으세요. 꿈을 꾸는 거예요. 짧은 꿈을…."

점장님이 프렌치프레스에 천천히 뜨거운 물을 붓기 시작했다. 그 순간, 마치 꽃이 활짝 피어나듯이 커피 향이 피어올랐다. 보글보글 물이 차오르는 소리가 들린다. 작게 들리던 그 소리는 점점 높아지다가 이내 낮아지더니 잦아들었다. 마치 낡은 레코드를 천천히 아주 천천히 재생하는 것 같았다. 그에 맞춰 서서히 의식이 멀어져 간다.

어디선가 째깍째깍 째깍째깍, 희미한 소리가 들려왔다. 뭐지? 옅어져 가는 의식 속에서 그것이 시계 소리라는 걸 알았다. 카페의 벽시계는 멈춰 있었고 째깍째깍 째깍째깍, 그 소리는 신기하게도 내 안에서 울리고 있었다.

그윽한 커피 향이 난다. 내 의식은 커피 향과 함께 시계 소
리 속으로 가라앉았다.

6

"여보, 왜 그래요?"

의아한 듯 묻는 여성의 목소리에 의식이 돌아왔다.

눈을 뜬 순간, 내 눈이 이상해진 줄 알았다. 마치 꿈꾸는 듯한 광경이 펼쳐져 있었다. 내 눈에 비치는 모든 사물이 본래의 빛을 잃은 듯 흐릿했고, 마치 연한 커피나 낡은 사진의 컬러처럼 세피아 빛으로 물들어 있었다. 그리고 무엇보다 카페에 있던 내가 지금은 삿포로역 빌딩 앞의 넓은 출입구에 서 있었다.

이게 뭐지? 대체 어떻게 된 거야?

너무 혼란스러워 그곳에서 벗어나고 싶었다. 바로 그때 누군가가 내 어깨를 꽉 붙잡았다.

"아…."

순간 비명을 지를 뻔했다. 다행히 내 어깨를 붙잡은 사람은 카페 점장님이었다. 그녀는 나에게 조용히 하라는 듯 손가락을 입술에 대더니 그 손으로 앞을 가리켰다.

그녀가 가리킨 곳에는 작은 꽃집이 있었다. 꽃집 앞에 근사한 정장 차림의 고바야시 씨와 옅은 색 원피스를 차려입은 중년 여성이 서 있었다.

"여보?"

여성이 의아한 듯 다시 물었다.

"사요코, 다, 당신…."

고바야시 씨도 나처럼 혼란스러워 보였다.

"왜 그래요? 무슨 일 있어요?"

"어?"

고바야시 씨가 놀란 듯이 몸을 움찔했다. 그는 조금 전과 다른 옷을 입고 있었고 카페에서 봤을 때보다 조금 젊어 보였다.

"어머, 왜 그렇게 놀란 표정이에요? 꼭 새총에 맞은 비둘기라도 된 것 같네. 역 앞이라 그런가?"

사요코 씨가 웃었다. 나중에 알게 된 사실이지만, 삿포로 역 앞은 비둘기가 많이 모여드는 곳이라고 한다.

"아니, 그게 아니라⋯."

고바야시 씨는 대체 무슨 일이 벌어졌는지 모르겠다는 듯 이마를 짚었다. 그건 나도 마찬가지라 옆에 서 있는 점장님을 올려다봤다. 그녀는 내게 눈을 찡긋하고는 움직이지 말라는 듯 살며시 뒤에서 날 안아주었다. 꿈이라고 생각했는데 커피 향이 났다.

"그보다 저 꽃 좀 봐요. 예쁘죠? 유리가하라 공원에 피려면 좀 더 기다려야 하나?"

사요코 씨는 어리둥절해하는 고바야시 씨를 이상하게 여기면서도 남편의 손을 끌어 꽃집을 가리켰다. 체격이 큰 고바야시 씨와 달리 몸집이 작고 사랑스러운 사요코 씨가 환하게 웃는 모습이 눈부셨다.

고바야시 씨에게도 그렇게 보였을까? 부인을 바라보는 그의 얼굴에 얼핏 쓸쓸한 표정이 스쳤다. 하지만 이내 그는 더없이 행복하다는 듯 밝게 미소 지었다.

"⋯저거 갖고 싶어?"

“네?”

“꽃 말이야. 오늘은 당신 생일이잖아. 모처럼이니까 사줄게.”

“정말? 괜찮겠어요?”

사요코 씨는 놀랐는지 눈을 동그랗게 떴다. 그 모습에 고바야시 씨의 미소가 더욱 짙어졌다.

“그럼, 당연하지. 그래, 당신이 좋아하는 꽃을 원하는 만큼 사자. 온 집안이 꽃으로 가득 차도 괜찮아. 당신이 기뻐한다면 얼마든지 사줄게.”

사요코 씨는 또다시 환하게 웃었다.

“그렇게 많이 안 사도 돼요. 그래도 정말 기뻐. 당신한테 꽃을 받는 건 두 번째네.”

“두 번째? 그랬나?”

“잊었어요? 우리 처음 데이트할 때 사줬잖아요. 부끄러워 어쩔 줄 몰라 하면서.”

사요코 씨가 장난스레 웃으며 꽃을 골랐다. 고바야시 씨는 그제야 그때가 떠올랐는지 어깨를 으쓱했다.

“맞다⋯. 그랬지. 하지만 그건 불단에 올릴 국화였잖아. 당신은 기쁘게 받아주었지만. 나중에 그걸 깨닫고는 익숙하지 않은 일은 두 번 다시 하지 말아야겠다고 다짐했어.”

“그랬어요? 하지만 난 그때, 서툴면서도 순박한 당신과 결혼해야겠다고 생각했는걸요.”

사요코 씨가 꽃을 한 송이 손에 집어 든 것 같았다. 두 사람은 뒤돌아 있어서 어떤 꽃인지 보이지 않았다. 하지만 그녀가 웃고 있다는 건 알 수 있었다. 고바야시 씨의 눈이 기쁜 듯 환하게 반짝거리고 있었으니까.

“나도 그랬어, 사요코.”

고바야시 씨가 고개를 끄덕이고는 사요코 씨의 손을 잡았다. 하얀 꽃이 흔들렸다.

“꽃을 손에 들고 웃는 당신은 참 아름다웠어. 그런 당신이 내 옆에 있어 준다면 난 평생 행복할 것 같았어.”

그때 물방울이 내 볼에 톡 하고 떨어졌다. 뒤돌아보니 점장님이 울고 있었다. 하지만 그녀가 무슨 말을 하기도 전에 눈앞이 크게 흔들리며 일그러졌다.

다시 커피 향이 났다. 조용한 시계 소리가 째깍째깍, 내 안에서 울리기 시작했다.

안 돼. 기다려, 아직 고바야시 씨가 걱정된단 말이야….

“앞으로는 당신이 원하는 꽃이라면 얼마든지 사줄게, 사요코. 그러니까 평생…, 평생 이렇게 내 옆에서 웃어줘."

고바야시 씨의 목소리가 다정하게 울려 퍼졌다. 난 일렁이는 듯한 시간에 휘말려 다시 의식을 잃고 말았다.

7

고개를 들자 카페 타셋에 돌아와 있었다. 자리에 앉아 잠시 졸았던 걸까?

"어떻게 된 거죠?"

무심코 이렇게 물었다. 그때 딸깍, 하고 가벼운 소리가 났다. 놀라서 소리 나는 쪽을 보자 점장님이 멈춰 있는 낡은 시곗바늘을 원래대로 되돌리고 있었다.

"누구나 인생에서 한 번은 되돌리고 싶은 순간이 있어."

점장님은 시계 유리문을 닫으며 조용히 말했다.

"되돌리고 싶은 순간이요?"

"그래. 고바야시 씨는 그때였던 거야. 부인에게 꽃을 선물하지 못한 그 순간. 난 그가 되돌릴 수 있게 도와주었을 뿐이야."

"도와주었다고요?"

"응. 너도 봤잖아."

난 더 이상 어떤 말도 할 수 없었다. 나도 분명히 보았다. 바로 조금 전에. 난 분명 여기 있었는데 순식간에 삿포로역에서 꽃집으로 들어가는 두 사람을 봤다. 커피빛 세상. 그윽한 향과 잔잔한 소리에 둘러싸인 세상에서.

그러고 보니, 한 자리 떨어져 앉아 있던 고바야시 씨의 모습이 보이시 않았다. 뭐가 뭐지 하나도 모르겠다. 어리둥절해하는 내 옆을 지나 카운터로 돌아간 점장님은 새로운 머그잔에 커피를 따랐다. 나는 그녀의 유려한 손놀림을 넋 놓고 바라봤다.

"스기우라 씨도 그랬어."

점장님이 불쑥 말했다.

"네?"

그 순간 심장이 터질 것처럼 격하게 요동쳤다.

"스기우라 씨도 그랬어. 스기우라 씨의 딸은 중학생 때 심한 학교폭력을 당했대."

"스기우라 씨 딸이요?"

"응. 스기우라 씨는 무척 강한 사람이었어. 하지만 딸은 아니었지. 딸이 학교에 가기 싫다고 해도 스기우라 씨는 억지로 떠밀어 학교에 보냈어. 학교를 쉬거나 전학하는 건, 지는 거라고 생각했기 때문이야. 딸을 위해서라도 그러면 안 된다고 생각했지. 학교폭력에 정면으로 맞서 싸워야 한다고 믿은 거야. 하지만 딸은 견디지 못하고… 스스로 목숨을 끊고 말았어."

"어떡해…."

꽃이 올려져 있던 불단에는 액자 두 개가 놓여 있었다. 액자 속 사진은 보이지 않았다.

"스기우라 씨는 늘 그 일을 후회했어. 억지로 맞서게 하지 말고 함께 도망갔으면 좋았을 거라면서. 분명 더 좋은 방법이 얼마든지 있었을 거라며 후회했지."

그 후회가 등굣길 아이들을 살피는 일로 이어졌다는 걸 깨달았다. 스기우라 씨는 매일 아침 통학로에 서서 아이들에게 말을 걸었다. 따끔하게 꾸짖을 때도 있었지만, 그녀는 항상 아이들을 걱정하는 마음으로 지켜봤다. 겨울에는 걷기 쉽게 길을 내주었고 사고가 나지 않게 이곳저곳을 살폈다. 그리고 학교 가기 힘들어하는, 그래, 나 같은 아이에게 가까이 다가 와 말을 걸고 이야기를 들어주었다.

가만히 생각해보면 이상한 사람이었다. 알지도 못하는 날 그렇게 걱정해주다니, 역시 조금 특이한 사람이다. 그것은 모두 '후회'와 '죄책감' 때문이었다.

"스기우라 씨는… 오래전부터 과거를 되돌리고 싶었던 거 군요!"

잘못된 길을 되짚어가려는 듯, 그녀는 매일 아침 아이들에 게 말을 걸었다. 그렇지만 되돌릴 수 없는 생명과 시간에 괴 로웠던 것이다.

"그래. 그러다 너와 만나고 나서, 과거를 되돌리고 싶은 마 음이 더 강해진 거야."

"저와 만나고 나서요?"

"응. 아마도 네 모습에서 딸이 겹쳐 보이지 않았을까?"

"그럼, 지금 스기우라 씨는?"

그때, 도어벨이 울리며 나무문이 삐거덕거리는 소리와 함 께 한 손님이 들어왔다.

"고바야시 씨, 어서 오세요."

점장님이 웃으며 맞이했다. 눈물을 닦고 문 쪽을 보니, 고바야시 씨가 하얀 꽃다발을 가슴에 안고 서 있었다.

"네, 안녕하세요."

"어머, 예쁜 꽃이네요."

"그렇죠? 향기도 좋아요. 오늘이 먼저 떠난 아내 생일이라서요."

고바야시 씨가 하얀색과 옅은 분홍색 꽃으로 이루어진 커다란 꽃다발을 보여주었다. 언뜻 장미와 비슷해 보였지만 훨씬 크고 평평한 모양이었다. 내 시선을 알아차린 고바야시 씨가 가볍게 인사하고는 설명해주었다.

"작약이에요. 매년 아내가 좋아했던 꽃을 집에 장식하기로 했거든요. 오늘은 아무리 찾아도 이 하얀 꽃이 보이지 않아서 한참 돌아다녔어요. 그래서 그런지 좀 피곤하네요."

그는 나와 한 자리 떨어진 자리에 앉았다.

아, 부인이 고른 꽃이 작약이었구나. 그 꽃다발은 정말 너무나 아름다웠다. 보는 것만으로도 다시 눈물이 차올랐다.

"그렇군요. 유리가하라 공원이랑 오타루에 있는 니신고텐이 작약으로 유명하잖아요. 그런데 이렇게 꽃다발로 만들어도 정말 화려하네요. 한 송이 한 송이 존재감이 참 대단해요."

점장님이의 말에 고바야시 씨가 웃으며 화답했다.

"보기만 해도 기분이 좋아지죠? 하얀 작약의 꽃말은 '행복한 결혼'이랍니다."

활짝 핀 꽃잎이 프릴처럼 풍성하게 겹쳐 있는 모습은 마치 신부의 웨딩드레스 같았다. 향기로운 꽃은 보는 사람도 손에 들고 있는 사람도 행복하게 해줄 것 같았다.

고바야시 씨는 나와 그 사이의 빈자리에 꽃다발을 조심스레 올려놓고는 흐뭇하게 미소 지었다. 10분 전 같은 자리에 앉아 쓸쓸히 쓴 커피를 마시던 고바야시 씨와 같은 사람이라는 사실이 믿기지 않을 정도로 무척 부드러운 미소였다.

"정말 특별한 꽃이네요. 부인께선 분명 하늘에서 기뻐하실 거예요."

점장님이 눈부신 듯한 얼굴로 말하자 그는 힘주어 고개를 끄덕였다.

"정말 그러면 좋겠어요. 이 꽃을 볼 때마다 생일날 작약을 가슴에 안고 날 보며 환하게 웃던 아내가 떠오른답니다. 아내와 보낸 하루하루가 정말 행복했거든요."

내 눈가가 촉촉한 걸 알아본 고바야시 씨는 쑥스럽다는 듯 웃었다.

"하하하, 그렇게까지 감동할 만한 이야기는 아닌데 조금 민망하네요. 솔직히 이렇게 늙은 부부의 얘기가 뭐 그리 특별하겠어요."

이렇게… 이렇게 멋진 이야기가 또 있을까? 자신의 과거를 후회하던 고바야시 씨가 환하게 웃었다. 부인은 병을 이기지 못하고 세상을 떠났다고 한다. 가장 슬픈 과거까지는 바꾸지 못한 모양이다. 하지만 그가 오랫동안 가슴에 품고 있던 후회에서 벗어났다는 사실이 무엇보다 기뻤다.

"정말… 정말 잘됐어요."

"잘됐다고요?"

고바야시 씨는 코를 훌쩍이는 나를 보며 살짝 어리둥절한 표정을 지었다. 그때 점장님이 급히 우리 사이에 끼어들었다.

"네, 정말 아주 멋지고 아름다운 이야기였어요. 결과적으로 잘된 거죠!"

좀 전에 우리와 나눈 이야기를 고바야시 씨는 기억하지 못하는 걸까? 멋쩍게 점장님을 보자 그녀는 내 생각을 읽은 것처럼 가만히 고개를 끄덕였다.

"그럼 고바야시 씨, 피곤하시면 이 커피는 어떠세요? 지금 막 내렸거든요."

점장님은 아까 내린 커피를 고바야시 씨에게 건넸다.

"고마워요. 향이 참 좋네요."

"프렌치프레스 '4분 33초 존 케이지'예요. 오늘은 향이 유난히 좋네요. 다정한 시간이 고스란히 담겨 있는 것 같아요."

8

너무 늦으면 엄마에게 꾸중을 들을 것 같아 고바야시 씨와 점장님이 이야기꽃을 피우는 사이 카페를 나왔다. 스기우라 씨는 어떻게 됐을지 궁금했지만, 나중에 이야기를 들을 수 있을 것이다. 그리고 나도 알아보고 싶은 게 있었다.

이튿날, 학교에 갔지만 야마네와 다른 친구들은 역시나 스기우라 씨를 기억하지 못했다. 스기우라 씨네 집은 여전히 주차장이었고 그녀의 존재는 이 동네에서 완전히 사라지고 없었다.

"미사키."

“응?”

방과 후에 학교를 나서려고 서둘러 교과서를 가방에 넣고 있는데 누군가 나에게 말을 걸었다. 다름 아닌 왼쪽 대각선 뒷자리에 앉은 까칠해 보이는 치토세였다.

“이거.”

치토세는 아까 선생님이 나눠주신 안내장을 건넸다. 가방에 넣은 줄 알았는데 실수로 떨어트렸나 보다.

“아, 고마워.”

“어.”

그는 무뚝뚝하게 대답하고는 자기 자리로 돌아가려다 말고 다시 돌아봤다.

“너한테서 커피 냄새 나.”

“응?”

무슨 소리지? 생각하는데 그는 이미 나와 이야기할 마음이 없는지 그대로 등을 돌리고 하교 준비를 시작했다.

“어젯밤에도 오늘 아침에도 샤워했는데….”

커피 향은 몸에 오래 남는 편일까? 킁킁 냄새를 맡아보았지만 아무런 냄새도 맡을 수 없었다. 그래도 커피 향이라면 별로 불쾌한 냄새는 아닐 것 같아 마음이 놓였다. 어쩌면 치토세가 커피 향을 싫어하는지도 모른다. 원래 좀 껄끄러운 친구라 난 대수롭지 않게 넘기고 학교를 나섰다.

  곧장 집으로 가진 않았다. 몇 번을 찾아봐도 스기우라 씨 네 집은 이제 없다. 코인 주차장 앞을 잠시 서성이던 나는 용기를 내 이웃집으로 향했다. 스기우라 씨의 집 근처에 있는 집 중 가장 오래됐을 법한 집을 골랐다. 넓은 마당에는 정성껏 가꾼 텃밭이 있고 현관 앞에는 손으로 끄는, 의자 겸용 쇼핑 카트가 놓여 있었다. 아마 집주인은 꽤 연세가 있는 분일 것 같았다.

  "…좋았어."

  마음을 다잡고 인터폰을 눌렀다. 잠시 후 스기우라 씨보다 더 나이 들어 보이는 허리가 굽은 할머니가 나왔다. 난 모기향 냄새가 나는 현관에 서서 지금 코인 주차장이 있는 곳에 살던 스기우라 씨를 아는지 물어보았다.

  "스기우라?"

  "네, 상당히 오래전이지만요."

  할머니는 내 질문에 적잖이 놀랐는지 눈을 치켜뜨고는 의아한 듯 날 바라봤다.

"스기우라 씨를 알긴 하는데…. 넌 어떻게 아는 사이니?"

"아, 전에 도움받은 적이 있어요. 잘 지내시는지 궁금해서요."

"네가 도움을 받았다고?"

할머니는 경계심 가득한 눈초리로 날 바라봤다. 그럴 만도 하다. 갑자기 어떤 아이가 찾아와 다짜고짜 전에 이웃에 살던 사람에 관해 알고 싶다고 하니 말이다.

"아… 그게 그러니까, 제가 아니라 할머니가요. 돌아가신 저희 할머니가 전에 신세 졌던 분이 여기 사셨다고 해서요. 얼마 전에 근처로 이사 왔거든요. 그래서 모처럼 인사드리고 싶어서요."

다급히 그럴싸한 변명을 만들어보았지만, 할머니는 반신반의하는 눈치였다.

"…갑자기 찾아와 귀찮게 해드려 죄송해요."

의심하는 것도 무리는 아니다. 이만 포기하고 다른 집으로 가봐야겠다, 생각하고 돌아서려는데 그런 내가 안쓰러웠는지 할머니가 말을 건넸다.

"잘 지내."

"네?"

"스기우라 씨는 지금도 아주 건강히 잘 지내고 있어. 매년 외국에서 연하장을 보내주거든."

"외국에서요?"

"몰랐나보네. 스기우라 씨는 오래전에 태국으로 이주했어."

"태국이요?"

나도 모르게 목소리가 뒤집혀 나왔다.

아…. 그렇구나. 그래, 스기우라 씨라면 왠지 동남아시아 쪽이 어울릴 것 같았다. 그 알록달록한 옷도 그곳에선 아주 잘 어울릴 것이다.

"그렇군요. 역시 스기우라 씨답네요."

그러면서 고개를 끄덕이자, 할머니는 내가 스기우라 씨가 어떤 사람인지 알고 있다는 걸 깨닫고는 조금 안심하는 듯했다.

"맞아. 태국으로 간다는 말에 좀 놀라긴 했지만 나도 스기우라 씨답다고 생각했지. 게다가 딸을 위해서였으니까."

"딸을 위해서였다고요?"

"그래. 딸 히나코가 중학생 때 학교에서 괴롭힘을 당했거든. 그래서 큰맘 먹고 완전히 다른 곳으로 떠났지. 둘이서 다시 태어난 것처럼 새로 시작할 거라더구나. 지금은 히나코도 태국에서 결혼해 잘 사는 모양이야. 스기우라 씨는 손주를 셋이나 둔 할머니가 됐고.”

“그렇군요!”

둘이서….

‘그래… 그랬구나. 언젠가 혼자 걸어가야 한다 해도 어릴 때는 역시 어른이 손을 붙잡아주어야 해. 그게 부모가 할 일이야. 중학생도 아직은 아이니까.’

그날 저녁 들었던 스기우라 씨의 목소리가 귓가에 맴돌았다. 그랬군요. 스기우라 씨. 이번에는 딸의 손을 꼭 잡아주었군요.

할머니에게 고맙다는 인사를 전하고 집에 돌아온 나는 나시 자전거를 타고 타셋으로 향했다. 할머니 말로는 스기우라 씨는 남편을 지병으로 잃고 그때 받은 보험금에 집과 땅을 처분한 돈을 더해 딸과 함께 새로운 곳으로 떠났다고 한다. 태국이 안 되면 다른 나라로 가면 된다. 그래도 안 되면 일본 어디라도 가면 된다는 생각으로. 어른들이 쉽게 말하는 ‘환경을 확 바꾸어 처음부터 다시 시작하라’는 일방적인 리셋 스위치.

어쩌면 지금 있는 곳에서 싸우는 것보다 쉬울지도 모른다. 하지만 결국 다시 시작하는 곳이 어떤 환경일지는 실제로 겪어보지 않으면 모른다. 지금보다 더 힘든 상황에 빠질 수도 있다. 그렇다 하더라도… 스기우라 씨는 딸을 더는 혼자 싸우게 내버려두지 않았다.

"그렇구나…."

타셋 점장님은, 스기우라 씨가 나와 만난 걸 계기로 과거를 되돌리고 싶다는 마음을 더 강하게 먹은 것 같다고 했다. 혼자 싸우기 무섭다는 날 보며 스기우라 씨는 딸을 떠올렸던 걸까.

쓸쓸하지만 슬프기도 하고 기쁘기도 한 복잡한 감정이 몰려왔다. 하지만 그 결과 스기우라 씨가 딸을 잃지 않았다면 난 그녀에게 은혜를 갚은 걸지도 모른다.

스기우라 씨가 날 새로운 길로 이끌어주었듯이 나도 그녀에게 그런 길잡이가 되어주었을지도 모른다. 만약 그렇다면 그보다 큰 기쁨은 없으리라.

"하지만 스기우라 씨는 날 기억하지 못하겠지."

신호를 기다리며 혼자 중얼거리고 있자니 더욱더 쓸쓸해졌다. 다정하고, 듬직하고, 함께 있으면 즐거운 스기우라 씨.

바뀌어 버린 미래에서 우리는 모르는 사이다. 그녀는 이대로 날 모르는 채 살아갈 테고.

그렇지만 나만은 우리의 추억을 평생 잊지 않고 살아갈 것이다. 봄 끝자락의 파란 하늘을, 라일락 향기를, 등굣길의 다정한 잔소리를.

신호등이 파란불로 바뀌었다. 내일 하루를 웃으며 보낼 수 있으면, 그걸로 괜찮다.

난 이 세상에서 나만 알고 있는 약속을 지키기 위해 있는 힘껏 웃었다.

"그래? 정말 잘됐다!"

점장님은 내게 커피소다를 만들어주며 말했다.

점장님의 이름은 타세 하야리田瀬時花. '하야리'는 시간의 꽃이라는 뜻이다. 정말 멋진 이름이다. 마침 물품을 구매하러 가서 자리를 비운 동업자의 이름은 '히구레日暮'라고 한다. 하야리 씨 이름의 '타세'와 히구레 씨가 좋아하는 '노을'을 조합해 카페 이름을 '노을 지는 타셋'이라고 지었다고 한다. 단순하게 지은 이름이었지만 왠지 이 카페와 잘 어울렸다.

"스기우라 씨가 어떻게 됐는지 하야리 씨도 몰랐어요?"

"응, 내가 볼 수 있는 건 과거뿐이니까 지금 어떻게 지내는지는 몰라. 다시 새로운 접점이 생기지 않는 한 말이야."

하야리 씨가 진지한 표정으로 대답했다.

"그럼, 어제 고바야시 씨가 카페에 오지 않았다면 꽃에 대해서도 몰랐겠네요."

"응, 미래가 바뀌면 그대로 다시 만나지 못하게 되는 사람도 적지 않아."

고바야시 씨는 집이 여전히 카페 근처라 새로운 미래에도 타셋에 올 수 있었던 거라고 한다. 반쯤 은퇴했다고는 해도 아직은 일을 완전히 그만둔 건 아니라 평일에는 일도 하면서 이것저것 바쁘게 지내고, 주말에는 여유롭게 늦잠 자고 일어나 반려견과 산책한 뒤 타셋에 들러 브런치를 먹는 게 일과인 듯했다. 하지만 태국에서 살고 있는 스기우라 씨가 타셋에 올 일은 거의 없다. 이대로 그녀는 하야리 씨의 커피를 모르는 채로 가족과 함께 살아갈 것이다. 조금 쓸쓸하긴 하지만 그것대로 행복한 일이다. 넓고 조용한 집에서 영정 사진을 마주한 채 홀로 쓴 커피를 마시는 것보다는.

"그렇다는 건 스기우라 씨가 과거를 제대로 되돌렸다는 거네요."

나는 보글거리는 호박색 탄산 소다 너머로 움직이지 않는 낡은 시계를 보며 조용히 말했다.

"맞아. 그녀는 온 마음을 다해 딸과 함께하는 미래를 선택한 거야."

강한 것만이 정답은 아니다. 도망갈 곳이 있다면 무리하지 않고 도망치는 게 좋을 때도 있다.

스기우라 씨는 이번에는 딸을 내버려두지 않았다. 새로 시작할 곳을 둘이서 선택했다.

"정말 잘됐어요!"

"정말 잘됐어!"

하야리 씨와 나는 동시에 외쳤다. 하지만 그 뒤 우리는 아무 말도 하지 않았다. 정말 다행이야. 하지만 동시에 쓸쓸했다. 매력 넘치는 스기우라 씨와 다시는 만나지 못한다니…. 전혀 모르는 사이가 된다니….

스기우라 씨의 행복을 바라는 마음만큼 간절하게 그녀와 다시 만나고 싶었다. 안타까운 마음을 나누듯, 우리는 말 없이 마주 앉아 있었다. 은은하게 반짝이는 금빛 포트의 물이 보글보글 끓어오르기 시작할 때까지.

"…후회하는 시간을 되돌릴 수 있는 거예요?"

자기가 마실 커피를 내리기 시작한 하야리 씨에게 물었다. 그녀는 천천히 고개를 끄덕였다.

"응. 아릿하고 쓰디쓴 기억으로 딱 한 번. 시간은 단 4분 33초만 주어져."

존 케이지의 시간만큼만. 왜 4분 33초인지는 모르지만 분명 고바야시 씨가 과거로 돌아갔을 때도 그 정도였던 것 같다. 4분 33초는 아주 짧다. 하지만 아무것도 할 수 없는 시간은 아니다. 적어도 나에게는 충분히 긴 시간일 것이다. 그래서 나는 용기를 냈다.

"하야리 씨. 저도 되돌리고 싶은 일이 있어요. 사고를 당하기 전으로 돌아가고 싶어요."

"응?"

"전 영국에서 사고로 손을 다쳤어요. 그래서 더는 예전처럼 피아노를 칠 수 없죠. 나에게 소중했던 모든 게 사라진 것 같아서 너무 힘들어요. 사고를 당하기 전으로 돌아가고 싶어요."

나는 유학을 떠났던 일과 그날의 사고에 대해 짤막하게 털어놓았다. 돌아갈 수 있다면 되돌리고 싶었다. 다시 시작할 수 있다면 다시 하고 싶었다. 유학 따위 떠나고 싶지 않았다. 사실은 피아노가 싫어져 도망치고 싶었다. 더는 꾸중하는 말도, 질책하는 말도, 부정하는 말도 듣기 싫었다. 하지만 그보다 더 싫은 건 손가락을 다쳐 피아노를 칠 수 없게 된 지금이다.

"그때로 돌아가서 사고를 당하지 않게 하고 싶어요. 이번에는 정말 열심히 연습할 거예요. 선생님과 엄마의 기대를 저버리지 않고 최선을 다할 거예요. 그러니까 제발, 부탁이에요. 날 사고를 당하기 전으로 되돌려주세요."

나는 다친 손가락을 꼭 쥐어 보이며 온 마음을 담아 부탁했다. 그랬는데….

"…그럴 수 없어."

그녀는 슬픈 표정으로 천천히 고개를 저었다.

"왜요? 어째서죠?"

"할 수 없어."

"제가 아직 어려서 그래요? 하지만 사고는 제 평생 가장 후회하는 일이에요."

살다 보면 앞으로도 후회가 남는 일이 생길지도 모른다. 하지만 그 사고보다 더 후회하는 일은 없을 것이다.

"그러니까 부탁이에요. 제발, 뭐든 할게요. 저한테도 기회를 주세요!"

나는 간절한 마음을 담아 머리를 깊이 숙였다. 내가 할 수 있는 거라면 뭐든 할 거다.

“할 수 없어, 넌…. 아니, 우리는 할 수 없어.”

“네?”

“넌 과거가 바뀐 후에도 스기우라 씨를 잊지 않았어. 고바야시 씨의 과거도 기억했지. 이미 존재하지 않는 미래를 기억하는 건, 네가 나와 마찬가지로 시간을 건널 수 있는 특이점이 있기 때문이야. 우리 같은 ‘시간의 수호자’는 과거로 타인을 안내할 수 있는 대신 자신의 시간은 건너지 못해.”

하야리 씨는 슬픈 목소리로 말했다.

“아….”

특이점.

무슨 뜻인지 확실히 알아듣지 못했지만, 나와 하야리 씨가 다른 사람들과 다르다는 건 이해했다. 난 하야리 씨와 함께 과거로 갔었다. 야마네와 다른 친구들은 스기우라 씨를 전혀 기억하지 못했지만 난 그녀를 똑똑히 기억했다. 어쩌면 하야리 씨가 마녀라고 불리는 것도 이것과 관련 있을지 모른다.

“그럼… 전 절대로 안 되는 거예요?”

하야리 씨가 고개를 끄덕였다.

"…미안해."

이토록 잔혹하고 심술궂은 현실이라니. 신은 항상 가장 슬픈 결과만을 나에게 준다.

"도대체… 왜?"

내가 참지 못하고 눈물을 터트리자 하야리 씨가 살며시 안아주었다.

커피는 쓰다.

언젠가 나도 커피가 맛있다고 말하는 날이 올까.

그때가 되면 사고도 받아들일 수 있을까.

하지만 지금은 그럴 수 없었다.

나에겐 이 시간이 너무나 써서 다정하면서도 심술궂은 이 마법을 삼킬 수 없었다.

아름다운 독창

aria

1

집에서 타셋까지는 자전거로 30분 걸린다. 난 일주일에 두세 번, 주말과 수업이 5교시에 일찍 끝나는 날에는 어김없이 타셋에 들렀다. 엄마에게는 쉬는 동안 뒤처진 공부를 따라잡으려고 친구와 공부한다고 둘러댔지만 내가 이곳에서 배우는 건 학교 공부와는 조금 달랐다. 타셋은 커피를 내리는 일을 맡은 바리스타 하야리 씨와 원두 볶는 일을 맡은 로스터 히구레 씨가 함께 운영하는 카페다.

그리고 두 사람 모두 시간의 수호자로서 특별한 능력을 지니고 있다. 4분 33초 동안 깊은 후회를 품고 있는 사람을 과거로 안내할 수 있는 능력이다. 그 능력이 나에게도 있다고 했다. 아직은 시간의 흐름을 거스르는 것만 가능하지만 언젠가는 나도 하야리 씨와 히구레 씨처럼 시간을 '건너는' 능력에 눈뜨게 될 거라고.

이제부터 나는 다른 누구에게서도 들을 수 없지만 무척 소중한 것들을 두 사람에게서 조금씩 배워나갈 것이다. 언젠가 때가 왔을 때, 스스로 그 능력을 사용할 수 있도록.

"우리 같은 사람은 얼마나 더 있어요? 시간의 수호자 말이에요."

"많지는 않아. 홋카이도에는 우리랑 히마리, 그리고… 아마 몇 명 더 있을 거야. 언젠가 만나게 되겠지. 시간의 수호자는 수면에 이는 물결처럼 서로 공명하니까."

시간을 건너는 힘은 다른 시간의 수호자가 바꾼 시간과 접촉했을 때 비로소 눈뜨게 된다고 한다. 즉 나는 스기우라 씨의….

"그리고 시간을 건널 때는 둘이서 하는 게 좋아. 가능하다면 꼭 그렇게 해야 해. 그러는 편이 시간의 흐름이 안정되거든."

카페에 올 때마다 한 잔은 무료로 대접하겠다는 하야리 씨의 따뜻한 마음에 기대어, 나는 그녀가 늘 건네는 빨간색 머그잔에 가득 담긴 캐러멜 라테를 한 모금 마셨다.

"그렇군요. 안정되지 않으면 어떻게 되는데요?"

"가끔 미아가 되기도 해."

"미아요?"

"응. 가끔 시간의 흐름 속에서 자신이 돌아와야 할 길을 잃어버리기도 하거든. 그래서 혼자보다는 둘이, 둘보다는 셋이 함께하는 게 좋아. 돌아가는 길을 아는 사람이 많으면 많을수록 쉽게 길을 찾을 테니까."

함께하는 사람이 많아진다고 해서 과거에 머물 수 있는 시간이 늘어나는 건 아니다. 어떤 의미에서는 더 현실적이고 단순한 이유였다.

"미아가 되면 어떻게 돼요?"

내 질문에 하야리 씨는 잘 모르겠다는 듯 옆에 서 있는 히구레 씨를 봤다.

히구레 씨는 밝은 카페오레 색 머리칼에 요즘 인기 있는 날씬하면서도 탄탄한 체형이다. 말이 없고 키가 커서 그런지 솔직히 조금 다가가기 어려운 스타일이었다. 나이는 하야리 씨와 비슷해 보이는데 하야리 씨와 나에게 항상 정중하게 존

댓말을 사용해서 그런지 더 거리감이 느껴지는 듯했다.

히구레 씨는 하야리 씨와 내가 바라보자 미간을 약간 찡그렸다. 별로 말하고 싶지 않은가? 그럼에도 작게 숨을 내쉰 후 대답했다.

"결국 4분 33초 뒤의 세상으로 돌아오긴 하지만… 그 지점을 찾을 때까지는 닿고 싶어도 닿을 수 없는 과거의 시간을 계속 헤매게 됩니다."

"과거의 시간이요?"

"우리에게도 돌아가고 싶거나 바꾸고 싶은 시간이 있으니까요."

하지만 우린 그 시간을 바꿀 수 없다. 길을 잃으면 가슴이 찢어질 듯 후회한 시간을 필름처럼 몇 번이고 되감으며 기억의 미로를 헤매야 할 것이다.

"그건 정말 싫을 거 같아요. 무섭네요."

내가 몸을 떨자 히구레 씨가 조용히 고개를 끄덕였다.

"하야리 씨처럼 길을 헤매지 않는 사람도 있지만요."

히구레 씨가 하야리 씨 쪽으로 고개를 돌리자 그녀는 어깨를 가볍게 으쓱였다.

"나에게 중요한 건 언제나 '지금'이니까."

하야리 씨가 싱긋 웃어주었다. 그래서 히구레 씨에게 대답을 양보했나보다.

"그럼 히구레 씨는 전에 길을 잃어본 적이 있는 거예요?"

"히구레는 원래 방향 감각이 좀 없거든."

하야리 씨가 놀리듯이 웃자 히구레 씨는 쓴웃음을 지으며 고개를 끄덕였다.

"그런데 혹시 두 분은 연인 사이예요?"

둘이 너무 친밀해 보여 무심코 질문을 던지자 하야리 씨가 정색하며 얼굴을 찌푸렸다.

"설마, 난 이런 햇병아리 같은 남자보다 좀 더 중후한 스타일이 좋거든."

"전에 오셨던 고바야시 씨처럼요?"

"맞아. 하지만 고바야시 씨는 부인밖에 모르니까."

그건 맞지만 히구레 씨를 '햇병아리'라고 하기에는 좀 큰 것 같은데…. 왠지 히구레 씨도 받아들이기 힘든 표정이다.

"음…. 그런 무서운 일도 있구나."

나는 테이블에 내려놓은 머그잔을 두 손으로 감싸며 혼자 중얼거렸다. 만약에 아무리 헤매도 돌아올 곳을 찾지 못하면 어떻게 하지? 그런 생각을 하자 더 무서워져서 나도 모르게 두 팔로 내 몸을 감싸 안았다.

그때 내 무릎에 갑자기 따뜻한 뭔가가 닿았다. 커다란 개의 기다란 코였다.

"모카! 히마리가 싫다고 하면, 그러면 안 돼!"

히구레 씨가 당황했지만, 연갈색 커다란 개는 초롱초롱한 까만 눈동자로 날 올려다봤다. 카페의 마스코트, 골든 리트리버 '모카'다. 조심조심 넓은 이마를 쓰다듬자 모카는 기분이 좋아졌는지 눈을 가늘게 떴다.

"싫지 않아요. 그런데 이렇게 큰 동물은 처음 만져봐요."

어렸을 때 여동생과 함께 오비히로에 있는 경마장에 간 적이 있다. 그곳 한쪽 구석에 동물을 만져볼 수 있는 공간이 있었기 때문이다. 오비히로의 경주마는 코끼리만 했다. 여동생은 커다란 말의 커다란 코를 쓰다듬으려다 손가락을 물리고 말았다. 말도 장난 삼아 살짝 물었는지 다행히 다치지는 않았지만, 여동생은 엄청 아프다며 새빨개진 손가락을 쥐고는 한참을 울었다. 그걸 본 엄마는 내가 동물을 만지지 못하게 했다. 피아니스트니까 손을 다치면 안 된다면서. 하지만 이제 더는 피아노를 칠 수 없으니 어떤 동물이든 만져도 괜찮지 않을까? 예를 들면 이 반짝거리는 눈망울을 지닌 커다란 골든 리트리버라면….

"모카는 치유견 자격이 있어서 짖거나 물지 않으니까 걱정하지 않아도 돼요."

히구레 씨가 자상하게 말해주었다.

"어디를 쓰다듬는 걸 좋아해요?"

"모카는 어디든 다 좋아해."

하야리 씨가 웃으며 대답했다.

"어딜 만져도 싫어하지 않지만 등이랑 귀 아래쪽을 쓰다듬어주는 걸 좀 더 좋아하는 것 같긴 해요. 그런데 무엇보다 관심받는 걸 가장 좋아하는 녀석이죠."

히구레 씨가 덧붙였다. 난 안심하고 모카의 귀 아래쪽을 살며시 쓰다듬었다. 늘어져 있는 모카의 귀가 퍽 따뜻했다.

그때 도어벨 소리가 울리더니 서른쯤으로 보이는 여자 손님 둘이 들어왔다. 그중 먼저 들어온 손님은 깜짝 놀랄 만큼 아름다운 미인이었다. 화장과 옷차림은 다소 화려했고 좋은 향기가 났다. 그 뒤를 따라 들어온 하늘색 원피스를 입은 손님은 단발머리에 차분해 보이는 여성이었다. 훈련을 잘 받은 모카는 손님이 오자 내 발밑에 자리를 잡고 얌전히 앉았다.

"어서 오세요. 편하신 자리에 앉으시면 됩니다."

하야리 씨가 손님을 맞이하며 인사하자 화려한 옷차림의 여성이 목소리를 높였다.

"어머, 요즘 같은 시대에 개를 카페에 둬도 되나? 위생법에 걸리지 않아?"

"얌전하고 깔끔한 개라서 괜찮아."

단발머리 여성은 개를 좋아하는지, 모카를 보며 싱긋 웃어 주고는 카운터에서 가장 멀리 떨어진 창가 자리에 앉았다. 아무래도 타셋에 몇 번 와본 듯했다.

"털이 옷에 달라붙는 동물은 딱 질색이야. 어휴, 생각만 해도 지저분해."

좋은 향기가 나는 여성이 창가에 앉자마자 말했다. 우리에게도 또렷하게 들리는 목소리였다.

"근데 유키에, 넌 파충류랑 물고기도 안 좋아하잖아?"

"파충류랑 벌레 같은 건 징그럽고, 물고기는 비린내 나고 더럽잖아."

유키에라고 불린 여성이 얼굴을 찌푸리며 툭 내뱉었다.

"그럼 새는 어떤데?"

"새도 털인가 깃털인가가 날려. 생각만 해도 싫어."

“결국 넌 모든 동물이 다 싫은 거네.”

“미나, 넌 동물 좋아하지? 옛날부터 쥐를 죽여놓고는 울곤 했잖아.”

미나라고 불린 하늘색 원피스를 입은 여성이 난처한 듯 쓴 웃음을 지었다.

“죽인 게 아니라 햄스터가 수명이 짧아서 빨리 죽은 거야. 그보다 뭐 마실래?”

“진짜 괜찮은 거 맞아? 털 같은 게 들어가지 않을까?”

“괜찮다니까.”

미나 씨는 신경 쓰이는지 곁눈질로 힐끗 우리를 보면서 테이블 옆에 놓여 있던 메뉴판을 유키에 씨에게 건넸다.

“넌 뭐 마실 거야?”

“난 여기서 항상 플랫화이트를 마셔.”

“흠, 그럼 나도 그걸로 할래.”

플랫화이트가 무엇인지 궁금해져서 메뉴판을 펼쳤다.

‘거품을 살짝 낸 스팀밀크를 더한 실키한 라테. 에스프레소의 깊은 풍미를 느끼고 싶은 분에게 추천합니다.’

봐도 뭔지 잘 모르겠어서 하야리 씨가 주문을 받으러 간 사이 슬쩍 히구레 씨에게 눈짓했다. 내 시선을 느낀 히구레 씨가 작은 목소리로 설명해주었다.

"플랫화이트는 우유의 양을 줄이고 풍성한 거품이 아니라 미세하게 고운 거품을 낸 스팀밀크를 넣어 만들어요. 우유 양도 많고 거품도 풍성한 건 라테, 우유의 양은 적지만 거품은 풍성한 건 카푸치노, 플랫화이트는 우유가 들어간 양으로만 따지면 중간쯤 되겠네요."

"우유의 양이나 거품을 내는 방법에 따라 이름이 달라지는 거예요?"

"네. 우유의 부드러운 맛을 즐기고 싶으면 라테, 우유와 함께 진한 에스프레소의 맛을 느끼고 싶다면 플랫화이트, 커피와 풍성한 우유 거품을 즐기고 싶다면 카푸치노죠."

히구레 씨가 캐러멜 라테를 플랫화이트 스타일로 만들어주겠다고 했지만 아직 난 쓴 커피가 익숙하지 않아 괜찮다고 했다. 하지만 어른인 저 두 사람은 괜찮을 것이다.

주문을 마치자마자 유키에 씨가 바로 스마트폰을 꺼내 들어 둘의 대화는 끊기고 말았다.

"우리 정말 오랜만이다. 일 년 만인가?"

그래도 대화를 이어가보려는 듯 미나 씨가 말을 건넸다.

"난 너처럼 한가하지 않으니까."

유키에 씨는 스마트폰에서 눈도 떼지 않고 쌀쌀맞게 대답했다.

"나도 그렇게 한가하진 않은데…."

아무래도 둘은 어릴 적 소꿉친구나 동창생처럼 보였다. 하지만 모처럼 만났는데도 유키에 씨는 스마트폰을 들여다보는 게 더 중요한지, 미나 씨의 말에는 대충 맞장구를 치거나 무시할 뿐이었다.

미나 씨가 힐끔 이쪽을 봤다. 그들을 보고 있었던 걸 들킨 듯해 서둘러 고개를 놀렸다. 하지만 다시 몰래 곁눈질로 보니 미나 씨는 우리가 아니라 모카를 보고 있는 듯했다. 유키에 씨가 없었다면 모카를 쓰다듬을 수 있었을 텐데…. 그런 생각을 하는지도 모른다. 미나 씨가 가엾다는 생각을 하며 캐러멜 라테를 홀짝이는데 갑자기 유키에 씨가 큰 소리로 말했다.

"어떡해!"

"무슨 일인데?"

"이것 좀 봐봐!"

유키에 씨가 과장된 동작으로 미나 씨에게 스마트폰을 보여주었다. 무슨 큰일이라도 난 줄 알았는데, 유키에 씨의 입에서는 인기 배우의 이름이 연거푸 흘러나왔다. 오늘 아침 뉴스에 나온 인기 배우와 잡지 모델의 결혼 소식을 본 모양이었다. 히어로 드라마 주인공으로 데뷔해 지금은 연기파로 꽤 유명해진 꽃미남 배우의 결혼 소식은 오늘 우리 학교에서도 단연 화제였다.

"진짜 실망이야. 이렇게 못생긴 여자랑 결혼하다니!"

유키에 씨가 진짜 기가 막히다는 듯이 소리를 높였다.

"그래? 둘 다 예쁘고 잘생겼는데 뭘."

"뭐? 이게 예쁜 거라고? 너 눈이 어떻게 된 거 아니니? 완전히 찌그러진 호박 같이 생겼는데!"

유키에 씨의 날 선 말투에 모카가 걱정된다는 듯이 두 사람을 번갈아 살폈다. 싸우는 줄 안 모양이었다.

한편 나는 '찌그러진 호박'이라는 품위 없는 표현에 놀랐다. 혀를 잘못 움직여 이상한 소리가 난 호른처럼 둔탁하게 울린 그 소리가 지독히도 고약하고 추악하게 느껴졌다.

"이렇게 잘생긴 남자가 하필 왜 이런 못생긴 여자랑 결혼하냐고 진짜. 게다가 이거 성형을 대체 몇 번이나 한 거야?

성형한 게 고작 이거라니 진짜 구제 불능이라니까.”

유키에 씨는 이 말을 몇 번이나 반복했다. 예쁜 사람의 입에서 저런 지저분한 말이 나오다니. 난 하야리 씨와 히구레 씨를 힐끗 봤다. 하야리 씨는 커피를 내리고 있었고 히구레 씨도 매장 판매용 커피 원두를 정성껏 진열하고 있었다. 둘 다 유키에 씨와 미나 씨의 대화가 들릴 텐데, 일부러 들리지 않는 척하는 걸까?

“하, 진짜 둘이 깨지면 좋겠다. 꽃미남이 못생긴 여자랑 사귀는 건 절대 용납 못 해. 왜 스스로 자기 가치를 떨어트리는 거지?”

배경음악도 없고 시계조차 멈춘 타셋에서는 듣고 싶지 않은 말을 차단할 방법이 없다. 이윽고 하야리 씨가 커피를 두 사람에게 갖다주고 돌아왔다.

타셋은 느긋하게 커피를 마시며 여유로운 시간을 즐기길 바라는 마음으로 넉넉한 크기의 머그잔에 커피를 제공한다. 지금은 그 크기가 원망스러웠다. 그런 날 위로하려는 듯이 모카가 코를 갖다 댔다. 그 따뜻하고 묵직한 느낌이 더없이 다정하게 느껴졌다. 똑똑한 모카는 인간의 언어를 이해하는 것 같았다. 이렇게 다정한 생명체에게 저런 천박한 말을 듣게 하고 싶지 않았다. 마음속으로 그들이 빨리 돌아가길 빌고 또 빌었다.

그런데 자리에서 먼저 일어난 사람은 미나 씨였다.

"뭐? 남편 일이 빨리 끝나서 지금 가봐야 한다고? 그렇다고 지금 꼭 가야겠어?"

"꼭 가야 하는 건 아닌데, 지금부터 저녁 준비하기 힘드니까 역 앞에서 만나서 같이 밥 먹고 들어가재. 너도 같이 가자."

"싫어. 네 남편은 너보다 더 재미없단 말이야. 나랑 영 안 맞아."

"하긴 너랑 공통점이 별로 없긴 하지."

"게다가 무의미하고 의례적인 대화는 딱 질색이야."

혼자 두고 가기 미안했는지 미나 씨는 같이 가자며 커피를 다 마실 때까지 끈질기게 설득했다. 하지만 유키에 씨는 완고했다. 결국 미나 씨는 자기 몫의 커피값만 내고 하야리 씨와 히구레 씨에게 미안하다고 사과한 뒤, 미련을 남긴 채 가게를 나섰다.

반대였다면 좋았을 텐데….

난 실망한 나머지 캐러멜 라테를 빨리 마시고 집에 가고 싶어졌다.

2

“여기, 주문 부탁드려요.”

카페를 나가는 진구를 배웅하지노 않고 메뉴를 보넌 유기에 씨가 카운터를 향해 말했다.

“아, 네.”

히구레 씨가 도망치듯 안쪽 로스팅실로 사라지자 하야리 씨가 서둘러 유키에 씨에게 갔다.

“추천하는 거 있어요? 아, 그거 없어요? 얼마 전에 유행했던… 게이샤?”

“게이샤라면 부에나비스타 과테말라 말씀인가요? 과일 향과 화사함이 느껴지는 고품격 원두죠."

"…에? 뭐가 이렇게 비싸? 한 잔에 천팔백 엔이라니, 호텔 로비도 아니고."

"스페셜티 커피라 아마 호텔에서는 한 잔에 삼천 엔은 넘을 거예요."

"농담하지 말아요. 커피를 누가 그 돈 주고 마셔요? 흠… 그럼 뭘 마시지?"

유키에 씨는 다시 메뉴판에 눈을 돌렸다. 옆에 서 있던 하야리 씨의 미소가 살짝 굳었다. 유키에 씨를 환영하지 않는 건 하야리 씨도 마찬가지인 것 같아 왠지 모르게 마음이 놓였다.

"그나저나 못생긴 애들은 기준치가 워낙 낮아서 그런가? 시시한 남자랑 살아도 행복해서 좋겠어. 나라면 그런 남편이랑 싸구려 술집에서 저녁을 먹느니 차라리 굶어 죽을 텐데."

"…네?"

"결국 본인이 노력 안 한 거 아닌가? 예쁘면 살기 편하다고들 하는데 사실 예쁠수록 엄청난 노력이 필요하잖아. 그쪽도 예쁘니까 무슨 말인지 알죠?"

유키에 씨가 하야리 씨에게 동의를 구했다. 순간 무슨 말인지 이해가 안 갔다. 아무래도 미나 씨 이야기를 하는 것 같았다. 방금 헤어진 친구한테 저렇게 심한 말을 하다니….

"그, 글쎄요."

하야리 씨도 무슨 말인지 알아들었는지 씁쓸한 표정으로 대답했다.

"노력하면 누가 봐도 확 티가 나잖아요. 나도 전엔 못생겼었는데 지금은 죽도록 노력해서 이렇게 예뻐진 거라고요. 그러니까 노력도 안 하면서 잘난 체하는 사람을 보면 도저히 용서 못하겠어요."

그녀는 못마땅하다는 듯 한숨을 푹 내쉬더니 결국 메뉴에서 커피가 아닌 아이스티를 골랐다.

"하, 신짜 싸증 나는 세상이야."

그녀는 메뉴판을 테이블에 툭 던지듯 내려놓고는 다시 스마트폰을 손에 들었다. 메뉴판 뒤쪽에 조용히 하라고 쓰여 있는데도.

짜증 나는 건 세상이 아니라 바로 자신 아닌가. 이런 생각을 하며 무심코 쳐다보자 유키에 씨가 매서운 눈초리로 날 되쏘아봤다. 도저히 가만히 있을 수 없었다.

"…그 사람이 노력하는지 안 하는지 남은 알 수 없어요. 노력한다고 해서 반드시 결과가 따라오는 것도 아니고요."

유키에 씨가 예쁜 얼굴을 한껏 구기며 대답했다.

"뭐? 어린애 주제에 네가 뭘 안다고 그래?"

"그쪽은 어른이면서 어떻게 그런 것도 모르죠?"

어른에게 이런 식으로 대꾸한 건 처음일지도 모른다.

나 역시 노력했다. 매일 피아노만 생각했고 꿈속에서도 피아노를 쳤을 정도다. 그렇게 열심히 했지만 성과는 없었다. 그런 나에게 엄마는 늘 노력이 부족하다고 말했지만 그 이상 뭘 더 어떻게 하란 말인가.

"자기 마음대로 되지 않는다고 해서 남의 노력까지 부정하진 마세요!"

순간적으로 터져 나온 분노를 퍼붓고 싶은 상대는 어쩌면 유키에 씨가 아니었는지도 모른다.

"세상엔 당신보다 예쁜 사람도 있어요. 당신 말대로라면 그 사람 눈에는 당신도 노력하지 않는 사람으로 보이겠죠. 게다가 사람마다 잘하는 것도 열심히 하고 싶은 것도 다 다르잖아요!"

반박할 말을 찾지 못했는지 그녀는 입을 다문 채 날 노려보았다. 그러곤 못마땅하다는 듯 입술을 삐죽이며 고개를 획

돌렸다.

"눈썹 정리도 못하는 어리숙한 꼬맹이 주제에, 귀찮게 아는 척 좀 하지 마."

유키에 씨는 한풀 꺾인 듯한 표정을 지으면서도, 여전히 심술궂은 말투였다. 하지만 그 말은 내 질문에 대한 답이 되지 못했다. 화가 나서 한마디 더 쏘아붙이려는데 아이스티를 가져다주고 온 하야리 씨가 나를 진정시키려는 듯 양쪽 어깨를 잡았다. 눈이 마주치자 아무 말도 하지 말라는 듯 고개를 저었다.

나도 안다. 다른 손님에게 이런 말을 하면 안 된다는 것쯤은. 하지만 납득하기 힘들어 입술을 지그시 깨물었다.

"서 애는 뭐야, 신짜! 개도 그렇고 애도 그렇고. 잠 여러 가지로 맘에 안 드는 카페라니까."

유키에 씨가 또다시 툭 내뱉었다.

'항상 바르고 고운 말 쓰기. 남에게 상처가 되는 말 하지 말기. 친구를 소중히 아껴 주기.' 유키에 씨는 어렸을 때 이런 것들을 배우지 못한 걸까? 곱게 화장하고 손톱도 예쁘게 꾸몄는데 입에서 나오는 말은 왜 저렇게 천박할까?

"…왜 그러시죠?"

이런 내 마음을 느낀 걸까. 아니면 나랑 같은 마음이었을까. 하야리 씨가 유키에 씨에게 슬픈 표정으로 물었다.

"뭐가요?"

"어떻게 말하든 본인 자유겠지요. 하지만 전 손님 목소리에서 분노와 아픔이 느껴져요."

순간 유키에 씨의 표정이 일그러지더니 금세 어두워졌다.

"…아까 말했잖아요. 나도 전에는 못생겼었다고."

그녀는 고개를 숙인 채 목소리를 쥐어짜듯 말했다.

"난 예뻐지기 위해 노력했어요. 사람들에게 못난이라고 놀림받을 때마다 억울했으니까."

"하지만 그건 그 말에 상처받았단 얘기잖아요. 그런데 왜 똑같은 말을 남에게 하는 거죠?"

그 아픔을 누구보다 잘 알 텐데. 유키에 씨는 대답하는 대신 나를 쏘아봤다.

"…이래서 내가 애들을 싫어한다니까. 항상 허울 좋은 말뿐이지. 아파 본 사람일수록 남에게 더 큰 고통을 안겨주고 싶어 하는 게 어른이라고. 그렇게 해야만 감출 수 있는 아픔이 있는 거야."

"자기가 아프면 남을 고통스럽게 해도 된다는 말인가요?"

"왜 안 돼? 속 시원하고 통쾌하잖아. 난 전에 소중한 사람에게 전하지 못한 말, 전하지 못한 마음이 있어. 지금까지 후회하고 있지. 그래서 앞으로는 하고 싶은 말은 다 하면서 살기로 했다고!"

"…전하지 못한 말과 마음이요?"

내가 되묻자 유키에 씨의 분노에 찬 얼굴이 순간 괴로운 듯 일그러졌다.

"그래…. 그러니까 누가 상처받든 난 하고 싶은 말은 참지 않아. 두 번 다시 기회를 놓치고 싶지 않으니까. 다신 후회하고 싶지 않다고!"

까만 속눈썹이 길고 가지런히 내려앉은 유키에 씨의 눈에서 눈물이 한 줄기 흘러내렸다. 다신 후회하고 싶지 않다는 그녀의 마음만은 알 것 같았다.

"그렇다고 친구까지 나쁘게 말하는 건 아니지 않나요?"

"네가 뭘 안다고 그래? 다 자업자득이야. 내가 괜히 이렇게 말하는 줄 알아? 걔네가 날 그렇게 말하게 한 거나 다름없거든. 오해하진 마. 상처받는 건 늘 나니까."

"손님이 워낙 강해 보여서 그래요."

하야리 씨가 분위기를 바꿔 보려는 듯 둘의 대화에 끼어들었다.

"뭐라고요?"

"손님이 강해 보이니까 친구분은 이해하지 못하는 거예요. 당신이 얼마나 노력했는지, 그동안 무엇과 싸웠는지 어떻게 상처받았는지 모르니까요. 그러니, 들려주지 않으시겠어요?"

하야리 씨가 조심스레 권하자 유키에 씨는 언짢은지 미간에 깊은 주름을 만들었다.

"난 그렇게 강한 사람이 아니에요."

그리고 깊은 한숨을 쉬며 자신의 아픔을 말하기 시작했다.

유키에 씨는 어릴 적부터 보는 사람마다 인형같다는 칭찬을 들었다고 했다. 아마 사실일 것이다. 지금 유키에 씨를 보면 시원스러운 눈매와 긴 속눈썹, 날렵한 콧날과 두껍지도 얇지도 않은 입술까지 모든 게 어긋남 없이 예쁘게 자리 잡고 있으니까. 그렇게 열여덟 살이 되자 부모님의 만류에도 모델이 되기 위해 도쿄로 떠났다. 하지만 그녀는 꿈꾸던 화려한 삶을 끝내 얻지 못했다. 시골에선 시선을 한 몸에 받았지만 도쿄에선 전혀 먹히지 않았던 것이다. 결국 삼 년 만에 포기하고 홋카이도로 돌아왔다. 하지만 자존심 때문에 집으로 돌아가지 못한 채 삿포로에서 살기 시작했는데, 그곳에서도 인생은 뜻대로 흘러가지 않았다.

"그래도 삿포로에서 사는 데 문제는 없었어요. 원하던 모습은 아니었지만 그런대로 잘 지냈고."

언젠가는 꼭 화려한 세계로 올라갈 수 있을 거라 믿으며 보낸 나날이었다. 하지만 갈수록 초조함이 꿈과 희망을 잠식해 갔다. 그러던 중에 유키에 씨는 일을 마치고 들렀던 바에서 '그'를 만났다.

"그는 날 마음에 들어 했어요. 밴드 활동 때문에 항상 많은 팬에 둘러싸여 있었지만 내 눈을 보며 나에게만 말을 걸어주곤 했죠. 그 닷에 난 종종 팬들의 눈총을 사곤 했어요."

'그'는 바텐더로 일하면서도 프로를 꿈꾸며 밴드 활동을 이어 갔다. 유키에 씨는 언젠가 도쿄에서 멋지게 데뷔할 날을 꿈꾸는 그가 자신과 닮았다고 느꼈다. 아마 그도 그렇게 느꼈으리라. 하지만 그가 일하는 바에는 항상 팬들이 자리를 잡고 있던 탓에 둘은 드러내놓고 사귈 수 없었다.

"어느 날 그의 팬들이 못생긴 주제에 나대지 말라며 날 위협하더군요. 지독한 질투였겠지만 그때의 나는 나약해서 그저 그들의 말에 따를 수밖에 없었어요.”

유키에 씨는 아직도 그 일이 분한 것 같았다.

그 후 팬들 사이에서 유키에 씨의 별명은 ‘못난이’가 됐다. 어린아이들의 괴롭힘과 다를 것 없었다. 결국 유키에 씨는 견디지 못하고 ‘그’를 포기하고 말았다. 그 대신 두 번 다시 못난이라는 말을 듣지 않기 위해 피나는 노력을 했다고 한다.

“그러다 몇 번의 타협 끝에 평범한 사람과 결혼했지만 결국 두 번이나 이혼했어요. 남편이 아무리 좋은 사람이어도 ‘그’를 잊을 수 없었거든요.”

“그 정도로 멋진 사람이었군요.”

하야리 씨의 말에 유키에 씨는 얼핏 미소 짓더니 시선을 떨구었다.

“그는 잘나가는 아티스트로 도쿄에서 자리 잡았어요. TV에 나올 때마다 거리에서 흘러나오는 곡을 들을 때마다, 그가 떠올라 후회가 밀려오곤 해요.”

‘그’는 그 시절의 꿈을 이룬 것이다.

“지금도 잊을 수 없는 순간이 있어요.”

유키에 씨가 아련한 추억에 잠긴 듯 말했다.

“어느 날, 그가 제 눈을 마주 보며 도쿄로 떠날 거라고 했어요. 전 그에게 도쿄에 가면 꼭 성공할 거라고 말했죠. 그랬더니 그가 환하게 웃으며 '정말 그렇게 생각해? 그럼 같이 따라와줄래?' 하더군요. 하지만….”

“거절했나요?”

내가 놀라 묻자 그녀는 천천히 고개를 끄덕였다.

“다시 도쿄에 가는 게 불안한 건 아니었어요. 단지 난 그의 열성 팬들이 무서워서… 결국 아무런 대답도 하지 못했어요. 지금도 가끔 생각해요. 그때 '같이 가요'라고 확실하게 대답했더라면 분명 내 미래는 달라졌을 거라고.”

그런 사람들에게 굴복하지 말걸, 그를 포기하지 말걸….
유키에 씨는 그렇게 중얼거리면서 긴 손톱이 부러질 듯 주먹을 움켜쥐었다.

후회는 여전히 사그라지지 않고 그녀의 삶에 그늘을 드리우고 천박한 말을 입술과 마음에 새기게 한다. 그렇다고 해서 엉뚱한 사람에게 화풀이하는 건 옳지 않다. 하지만 좌절로 짓눌린 삶을 힘겨워하는 것도 이를 바꾸고 싶다는 마음도 왠지 알 것 같았다. 유키에 씨도 예전엔 분명 지금과 달랐을 테니까.

그렇다면… 정말로 그녀가 간절히 원한다면. 하야리 씨를 돌아보니 그녀는 카운터로 들어가며 나에게 미소를 지어 보였다.

"괜찮으시면 제가 커피를 한 잔 골라 드려도 될까요?"

하야리 씨가 프렌치프레스를 꺼냈다. 꿈을 꿀 시간이다. 잊을 수 없는 과거의 꿈을.

뜨거운 물줄기 끝에서 이는 거품과 그윽하게 퍼져나가는 커피 향. 프렌치프레스 '4분 33초 존 케이지'.

점차 다른 소리들은 아득해지고 대신 낡은 시계 소리만 울리기 시작하자 바라보던 세상이 세피아 빛으로 물들어갔다. 커피 한 방울이 똑 하고 떨어진 듯했다.

3

잠에서 깨어나듯이 천천히 눈을 뜨자 귓가에서 아직도 희미하게 째깍째깍 하는 시계 소리가 들리는 듯했다. 하지만 그 소리는 주변의 웅성거리는 소리에 서서히 묻히더니 이내 사라졌다.

세상은 빛바랜 듯 어스레했고 담배 냄새가 콧속을 자극했다. 하야리 씨는 바 구석에 서 있는 나를 더 잘 숨기려는 듯이 기둥 뒤편으로 잡아끌었다. 이곳은 유키에 씨가 되돌리고 싶다는 과거인 듯했다.

유키에 씨가 자주 들렀다는 바는 어린 내가 오기에 어울리지 않는 곳이었다. 바는 그리 넓지 않았다. 카운터 앞에는 기다란 카운터석이 있었고 테이블은 여섯 개 정도 놓여 있었다. 카운터 안쪽에는 바텐더가 세 명 있었고 두 테이블 정도만 손님이 있었지만, 카운터석에는 빈자리가 없었다. 모두 여성 손님이었다. 아마 카운터 가운데에 서 있는 남자 바텐더를 보기 위해서일 것이다. 그는 검은색 조끼와 나비넥타이가 잘 어울리는 호리호리한 몸매에 중성적 이미지의 남자였다.

바 테이블 왼쪽 끝자리에 유키에 씨가 있었다. 그녀는 갑작스러운 상황에 놀랐는지 주변을 힐끔힐끔 둘러봤다.

"…멤버들과 얘기해봤는데 이제 슬슬 도쿄로 나가려고요."

남자 바텐더가 말했다. 그러자 여자 손님들에게서 일제히 "정말요?", "안 돼요!" 같은 말이 터져 나왔다.

"저도 여러분과 계속 함께하고 싶어요."

붙잡는 말이 기뻤는지 바텐더는 입가에 미소를 띠었다. 그러곤 곧이어 난처하다는 듯 눈썹을 팔자로 만들었다. 유키에 씨는 아직도 얼떨떨한지 떠들썩한 바 테이블 왼쪽 끝자리에 조용히 앉아 있었다. 남자 바텐더는 유키에 씨에게는 눈길도 주지 않는 것 같았다.

난 그런 바텐더의 모습에 고개를 갸웃했다. 유키에 씨는 바텐더가 자기에게 도쿄에 진출할 거라 말했다고 했다. 자기는 바텐더에게 특별한 존재였다고. 하지만 지금 보는 바로는 그래 보이지 않았다. 그녀가 앉아 있는 자리가 그와의 거리를 여실히 보여주었다. 실제로 이 바에서 그녀는 눈에 띄는 존재라고 보기 어려웠다. 사람의 외모에 점수를 매기는 건 잘못된 행동이라는 것을 알지만 그곳에는 유키에 씨보다 귀엽고 예쁜 사람이 여럿 있었다.

그때 유키에 씨 옆자리에 앉은 여자가 한창 이야기를 나누다가 술이 담긴 잔을 실수로 엎지르고 말았다.

"앗!"

나도 모르게 목소리가 새어 나와 황급히 입을 막았다. 마침 앞에 서 있던 여자 바텐더가 쏟아진 술을 닦았고 곧이어 그 남자 바텐더가 유키에 씨에게 물수건을 내밀며 괜찮냐고 물었다.

"아… 네…."

유키에 씨가 얼굴이 새빨개진 채 들릴 듯 말 듯 대답했다.

"어떻게 생각해요? 역시 삿포로에 있는 게 나을까요?"

그는 칵테일을 다시 만들어주겠다며 새로운 잔을 준비하

면서 물었다.

"아, 아니요, 도쿄로 가세요. 도쿄에서 꼭 성공할 거예요!"

긴장해서일까, 아직도 혼란스럽기 때문일까. 유키에 씨가 얼굴을 붉히며 더듬더듬 대답하자 남자 바텐더는 환하게 웃었다.

"정말요? 그러면 좋겠지만…, 그럼 같이 갈래요?"

장난스러운 미소. 하지만 그건 분명 유키에 씨에게 하는 말이었다. 그런데 옆에서 듣고 있던 손님들이 "내가 따라갈 래요" 하고 너도나도 큰 소리로 외쳤다. 유키에 씨는 그저 말 없이 앉아 있었다.

"유키에 씨…."

나는 무심코 작게 중얼거리고 말았다. 하지만 손님들이 떠 드는 소리에 묻혀 내 목소리 따위는 아무도 듣지 못했을 것 이다. 유키에 씨조차도.

상상했던 모습과 달랐다. 유키에 씨가 과장해서 말한 걸 까, 아니면 시간이 흘러 기억이 조금씩 형태를 바꾼 걸까? 아 무리 봐도 그녀는 이곳에 있는 많은 팬 중 한 명에 불과했다. 그렇지만….

과거로 되돌아온 지금 한마디 말이라도 한다면 어떤 변화가 일어날지도 모른다. 어느새 난 유키에 씨를 응원하고 있었다. 하지만 옆 사람은 아무 말 없는 그녀를 보며 기분 나쁜 표정으로 수군거렸다. 옆 사람이 어떤 말을 했는지는 들리지 않았다. 유키에 씨는 그저 아무 말 없이 조용히 앉아 있을 뿐이었다.

후회를 남기지 않기 위해 시간을 거슬러 왔는데…, 기회는 한 번뿐인데…. 괜찮아요? 이대로 괜찮냐고요! 정말 이대로 괜찮겠어요?

빨리 어떻게든 하지 않으면 시간은 흘러가고 만다.

"유….'

가만히 있을 수 없었다. 내가 그녀를 부르려 한 순간, 어질어질 현기증이 일더니 시계 소리가 울렸다.

잠깐만 아직 유키에 씨는 아무것도 바꾸지 못했는데, 과거를 되돌릴 수 있는 건 한 번뿐이다. 이 4분 33초라는 시간 동안만 가능한 일이다. 그런데도 아무것도 바꾸지 못한 채 시곗바늘은 끝내 시간을 다했고, 우린 커피 한 잔만큼의 미래로 돌아왔다.

4

"어머, 깜박 졸았나?"

테이블에 엎드려 있던 유키에 씨가 놀라 고개를 들었다.

"피곤하셨나 봐요. 마침 커피도 지금 막 준비됐어요."

하야리 씨가 시곗바늘의 위치를 옮기며 말하자, 히구레 씨가 '4분 33초 존 케이지'를 잔에 따라 유키에 씨의 테이블로 가져갔다.

유키에 씨는 자신이 지금 왜 여기 있는지 모르는 사람처럼 이마를 짚어보기도 하고 스마트폰을 들여다보기도 했다.

"같이 오신 분은 일이 생겨서 먼저 가시고 잠깐 쉬고 계셨어요.”

히구레 씨가 머그잔을 내려놓으며 말했다.

“아, 네…”

유키에 씨는 짧게 대답하고는 그대로 잠시 아무 말 없이 있었다. 난 가슴속에서 피어오르는 알 수 없는 불안감을 어쩌지 못한 채 하야리 씨와 히구레 씨를 바라보았다. 처음이자 마지막으로 단 한 번뿐인 ‘4분 33초’를 손에 넣었는데 아무것도 하지 못한 채 아무것도 바꾸지 못한 채 다시 돌아오다니.

예쁜 그녀는 기울어가는 저녁 햇살이 비치는 창가에 앉아 쓸쓸히 커피를 마셨다. 자기가 말한 것처럼 ‘특별한 사람’도 아니었고 과거를 바꿀 용기도 없었다. 허세를 부린 건지, 고집이 센 건지, 거짓말을 늘어놓은 건지 알 수 없는 나약한 사람. 그녀는 한결 홀가분해진 모습으로 커피잔과 창문 너머로 보이는 모에레누마 공원의 유리 피라미드 꼭대기를 바라보았다.

“잠깐 졸았을 때 옛날 꿈을 꿨어요.”

유키에 씨가 불쑥 말했다.

“꿈이요?”

시곗바늘을 다 돌린 하야리 씨가 유리문을 닫으며 물었다.

"네. 그때 일을 다시 떠올리니 이 커피처럼 쓰네요."

또다시 유키에 씨의 볼에 한 줄기 눈물이 흘러내렸다.

"…예뻐요."

해 질 녘의 황금빛 햇살이 그녀의 눈물을 반짝반짝 비춰주었다. 너무나 아름다운 모습에 난 무심코 속삭였다.

"응?"

유키에 씨는 조금 놀란 얼굴로 살며시 웃었다.

"고마워."

저녁 햇살을 등진 그녀의 미소는 정말 아름다웠다. 손가락에 찌릿한 통증이 느껴졌다. 모카가 걱정된다는 듯 내 손등에 얼굴을 비벼댔다.

자기만큼 노력하지 않는다며 남을 부정하거나 험담하며 상처 입혀도 된다는 생각에는 절대로 동의할 수 없다. 하지만 분명히 그녀는 그때 아무 말도 하지 못한 걸 후회했고 자신을 바꾸기 위해 노력했다. 이렇게 예뻐질 만큼. 그런데도 과거는 바꾸지 못했다. 노력한다고 해서 반드시 보상받는 건 아니니까. 두 번째라 하더라도 그곳에서 용기 내 말하기는 쉽지 않았을 것이다. 하지만… 그렇다는 것을 알면서도 안타

깝고 이해할 수 없는 복잡한 감정으로 가슴이 먹먹해졌다. 손가락이 계속해서 욱신욱신 쑤셔왔다. 마치 내 일처럼 억울했다.

"역시 난 커피랑 안 맞나 봐요. 향도 거북한 데다 착색도 신경 쓰이고 게다가 너무 쓰네요…. 나쁜 기억만 떠올라요."

쓴 커피를 다 마신 유키에 씨는 이 말을 남기곤 혼자 카페를 나섰다.

"아, 정말 아까운 기회였는데…."

나도 모르게 중얼거렸다.

"모든 사람이 다 자기 인생을 바꿀 수 있는 건 아니니까요."

히구레 씨의 말에 나도 모르게 얼굴을 찌푸렸다. 그런 나를 보며 하야리 씨가 조용히 웃어주었다.

"그러게. 하지만 처음에는 아주 작은 변화라 해도 먼 미래에는 커다란 변화로 돌아올지도 몰라."

"네?"

"내디딘 한 걸음이 오른발인지 왼발인지, 느릿느릿 걷는지 깡충깡충 뛰는지에 따라서도 미래는 바뀔 수 있는 거니까."

그때 카페 문이 열리고 미나 씨가 걱정스러운 얼굴로 들어왔다.

"죄송해요. 아까 같이 온 손님은 벌써 돌아갔나요?"

초조하게 묻는 미나 씨에게 히구레 씨가 고개를 끄덕였다.

"네…. 방금 나갔는데 무슨 일이라도 있으세요?"

"아, 그게…. 친구랑 헤어지고 남편이랑 밥을 먹으러 가려 했는데, 그래도 역시 모처럼 만난 친구랑 시간을 보내는 게 나을 것 같아서요."

하지만 이미 유키에 씨는 카페에서 나가고 없었다.

"아마 운전 중이지 않을까요? 연락될 때까지 잠시 여기서 기다리시겠어요?"

"죄송하지만 그래도 될까요? 감사해요!"

미나 씨는 환하게 웃고는 모카를 쓰다듬으면서 스마트폰을 만지작거렸다. 그러고 10분 정도 지났을까? 투덜대면서도 조금은 기뻐하는 듯한 유키에 씨가 돌아와 미나 씨와 이런저런 이야기를 주고받으며 즐거운 표정으로 카페를 나갔다.

미나 씨는 유키에 씨가 자기를 두고 뒤에서 뭐라 말하는지 알까? 깨끗하게 씻은 머그잔을 마른 수건으로 닦으며 히구레 씨가 말했다.

"정말로 좋아하는 친구가 아니라면 미나 씨가 먼저 만나자고 하진 않을 거예요."

"아…."

하긴 미나 씨는 다시 돌아왔다. 싫어하는 사람이라면 남편과의 시간을 포기하면서까지 일부러 다시 유키에 씨에게 돌아오지는 않을 것이다. 그저 미나 씨가 알아차리지 못하는 것일 수도 있다고 생각했지만, 유키에 씨는 하고 싶은 말은 참지 않는다고 했으니까.

"우리에게 보이는 건 작은 일부분일 뿐이에요. 분명 친구로서 멋진 부분이 있으니까 미나 씨도 유키에 씨와 함께하고 싶다고 생각했을 거예요."

"…그렇겠네요."

지금까지와 다르지 않은 미래지만 뭔가 바뀌기라도 한 걸까? 유키에 씨가 조금이나마 미나 씨에게 다정해진 거라면 좋겠다.

"헉, 세상에!"

갑자기 스마트폰을 보고 있던 하야리 씨가 소리를 질렀다.

"아까 그 바텐더! 밴드 브라크의 보컬이었어! 놓친 물고기가 큰 법이라더니."

"우와! 정말요?"

브라크는 나도 잘 아는 인기 록밴드다. 전성기는 지났지만 몇 년에 한 번씩 곡을 발표할 때마다 화제가 되고, 라이브 공연 티켓은 여전히 구하기 어려울 정도다. 확실히 잊기 힘든 상대긴 하다.

"아…. 그런데 브라크 보컬이면, 데뷔 전부터 쭉 함께한 부인을 버리고 열다섯 살이나 어린 아이돌로 갈아탄 사람 아니야?"

"하긴 잘나가면 흔히 있는 패턴이긴 하죠."

"음…."

우리 셋은 무심코 서로를 바라보다가 잠시 입을 다물었다.

유키에 씨가 바란 행복이 그녀가 선택하지 않은 시간 앞에 있었을지는 의문이다. 누군가를 상처입히는 것은 옳지 않고 험담하는 것 역시 나쁜 짓이다. 난 유키에 씨가 이제부터라도 다른 쪽 발부터 내디뎌 지금까지보다 더 좋은 사람이 되길 바랐다.

그런 생각을 하며 마신 캐러멜 라테에서는 쌉싸름한 맛이 났다.

작은 새들의 이중주

duet

1

라일락 향기가 삿포로 거리에서 거의 다 지워진 오월의 끄트머리, 타셋의 묵직한 문을 열자 도어벨 소리가 둔탁하게 울리고 이어서 히구레 씨가 인사했다.

"어서 와요."

하야리 씨는 내 쪽을 보지 않았다. 바 테이블 자리에 앉아 있는 여성과 얼굴을 맞대고 심각하게 이야기를 나누고 있었기 때문이다.

"아…. 안녕하세요."

들어오면 안 되는 거였나? 순간 걱정했지만 하야리 씨는 화난 게 아니라 손님과의 대화에 푹 빠져 있던 것뿐이었다. 대화 사이사이 웃음소리도 들려왔다.

"안녕, 항상 마시는 걸로 괜찮아요?"

"아, 네."

안심하고 카페로 들어가자 내가 자리에 앉기도 전에 히구레 씨가 물었다. 카페에서 '항상 마시는 거'라는 말로 통하다니, 마치 대단한 단골손님이라도 된 것 같아 뱃속이 간질거렸다. 그저 내가 마실 만한 메뉴의 선택지가 적기 때문이지만. 난 바 테이블의 손님과 두 자리 떨어진 자리에 앉았다.

"어, 히마리, 왔구나!"

하야리 씨가 나를 발견하곤 싱긋 웃었다. 대화의 흐름을 끊은 것 같아 살짝 미안했다.

"이분은 근처에서 제과점을 하는 파티시에 다카나시 씨야."

하야리 씨가 내가 묻기도 전에 손님을 소개해주었다. 다카나시 씨가 운영하는 제과점에서 아버지의 날을 맞아 타셋과 협업한 과자와 커피 원두 세트를 판매할 예정이라, 마지막으로 어떻게 할지 협의하는 중이라고 했다.

"그렇군요. 이제 곧 아버지의 날이네요."

"응, 히마리는 어떤 게 좋아?"

하야리 씨는 내게 과자 사진과 쿠키를 보여주었다. 노란색 장미를 모티브로 사랑스럽게 장식한 케이크 사진과 귀여운 아이싱 쿠키를 보니 감탄할 수밖에 없었다.

아빠는 해외 근무를 계기로 엄마와 이혼하고 말았다. 이제는 일본에서 살 생각도 없다고 했고 연락도 거의 하지 않는다. 끈끈한 가족애를 느끼진 않지만 서로 싫어하지도 않는다. 그래도 내가 쿠키를 보내면 아빠는 기뻐할 것이다. 하지만 그보다….

"우리 엄만 꽃은 별로 좋아하지 않지만 이런 거라면 좋아할지도 몰라요."

"정말? 그럼 어머니의 날에는 주로 어떤 걸 선물했어?"

다카나시 씨가 무심하게 물었다. 짙은 갈색 머리를 뒤로 단정하게 묶은 다카나시 씨는 하야리 씨와 비슷한 이십 대 후반쯤으로 보였다.

"그동안은 선물 대신 피아노를 쳐 드렸어요. 하지만 올해는 이사도 하고 이런저런 일로 바쁘기도 해서 결국 아무것도 못하고 지나갔고요."

너무 화려한 옷차림은 어울리지 않는 직업인지, 그녀는 유일하게 비녀 모양 머리핀으로 멋을 내고 있었다. 머리핀 끝에 달린 작고 귀여운 새 모양 장식이 자꾸만 흔들렸다. 난 그 새를 눈으로 좇으며 대답했다.

"뭐, 그럴 때도 있는 거지. 그럼 아버지의 날에 같이 선물하면 어때? 너 피아노를 잘 치는구나. 올해는 원래 어떤 곡을 칠 생각이었어?"

"아, 그게….."

별 생각 없이 던진 질문이었을 것이다. 정말로 궁금해서 물어본 게 아니라 그저 가볍게 대화의 물꼬를 트기 위한 말이었을 텐데 어떻게 대답해야 좋을지 몰라 망설였다. 이 이야기를 먼저 꺼내놓고 괜히 분위기를 어색하게 만들고 싶지 않았다. 사정을 아는 하야리 씨와 히구레 씨도 곤혹스러워하는 눈치였다.

"히마리는 얼마 전에 손을 다쳤어요."

하야리 씨가 나 대신 대답해주었다. 다카나시 씨가 놀랐는지 붕대를 감은 내 손을 봤다. 점점 표정이 어두워지는 다카나시 씨에게 미안해져 급히 고개를 저으며 말했다.

"아니 뭐 딱히 크게 고민한 건 아니고 올해는 진짜 어떻게 하면 좋을까 생각한 것뿐이에요!"

평소라면 이럴 때 다가와 분위기를 부드럽게 풀어주었을

모카가 오늘은 웬일로 안쪽 케이지에서 낮잠을 자는 바람에 난 괜히 더 허둥대고 말았다.

"그럼 올해는 아이싱 쿠키를 선물하면 어때? 프로인 내가 만드는 방법을 알려줄게!"

"네?"

"사는 것도 좋지만 기왕이면 직접 만들어서 드리면 더 좋잖아. 내일 이맘때쯤 시간 있어?"

카운터에 걸려 있는 움직이는 시계를 보니 곧 오후 한 시가 되려 하고 있었다.

"만들 거면 우리 카페 주방을 써도 괜찮아요. 오븐도 있으니까요."

히구레 씨가 말했다. 그렇지만….

"시간은 있는데 괜히 저 때문에 번거로우실까 봐요."

쓸데없이 신경 쓰게 만들고 싶지 않았다. 일방적으로 불쌍한 아이처럼 보이는 것도 싫었다.

"괜찮아. 하나도 안 번거로워."

다카나시 씨는 그렇게 말하며 내 쪽으로 몸을 기울였다.

"난 어렸을 때 부모님이 이혼하셔서 어머니의 날은 매번 그냥 지나갔거든. 엄마랑 만난 적도 없고 어디 사는지도 몰

라. 나도 한번쯤은 엄마에게 드리는 선물을 만들어보고 싶었
어."

"정말 그래도 괜찮아요?"

"그럼, 네가 싫지 않다면 같이 만들자!"

어른의 본심은 잘 모르겠다. '불쌍한 아이'에게 죄책감을
품은 어른은 항상 이런 식으로 조금이라도 아이를 기쁘게 해
주려 한다. 하지만 그저 자신의 죄책감을 덜어내 조금이라도
마음이 편해지고 싶은 경우가 대부분이다. 그래도 나를 바라
보며 같이 만들자고 말하는 다카나시 씨의 미소는 하야리 씨
나 스기우라 씨처럼 다정해서 진심으로 느껴졌다.

"그럼 잘 부탁드려요."

난 예의 바르게 대답하며 고개를 깊이 숙였다.

"그런데 너 이름이 뭐야?"

"히마리요. 아빠가 해바라기를 좋아하셔서."

내 말에 다카나시 씨의 입꼬리가 다시 부드럽게 올라갔다.

"그래? 그럼 이왕 만드는 거 카네이션이나 장미 말고 해바
라기 모양으로 할까? 초보가 만들기에는 그게 더 쉽거든. 이
제 곧 여름이기도 하니까, 엄마 아빠도 기뻐하실 거야."

다카나시 씨가 자기 일처럼 말해주어서 나도 웃으며 고개

를 끄덕였다.

한편으론 걱정이 되기도 했다. 정말로 기뻐해줄까? 엄마는 피아노 말고 다른 걸로 기뻐한 적이 없었다. 하지만 나는 이제부터 피아노 말고 다른 걸로 엄마와 마주할 수 있는 방법을 찾아야 한다. 마음속에서 조그마한 불안이 고개를 내밀었지만, 카페를 나설 즈음에는 다카나시 씨와 함께 쿠키를 만들 생각에 심장이 뛰었다. 그다음 날까지도 들뜬 마음을 잠재울 수 없었다.

2

이튿날 타셋에 가니, 주방에서는 이미 히구레 씨와 다카나시 씨가 쿠키 만들 준비를 하고 있었다. 하야리 씨는 오늘 카페 일을 맡은 모양이었다. 히구레 씨는 우리와 같이 쿠키를 만들기로 했는지 내 앞치마까지 챙겨두고 기다리고 있었다.

"하야리 씨는 같이 안 해요?"

앞치마 끈을 허리 뒤에서 묶어주던 히구레 씨에게 묻자, 그는 웃으며 대답했다.

"하야리 씨는 시식 담당이에요."

타셋에서 요리는 주로 히구레 씨 담당인 모양이었다. 그렇게 쿠키 만들기가 시작되었다. 그래봤자 다카나시 씨가 준비해온 재료를 지시에 따라 섞는 정도라서 어려울 건 없었다.

먼저 부드럽게 풀어놓은 버터에 설탕을 넣고 크림 상태가 될 때까지 잘 섞어줬다. 여기에 달걀물을 조금씩 넣고 섞었다. 한꺼번에 넣으면 버터와 달걀물이 분리된다고 한다. 그리고 체에 친 고운 밀가루와 코코아 가루를 넣고 주걱으로 섞으니 촉촉하고 윤기 나는 코코아 반죽이 완성됐다.

처음이라 서툴러 좀 허둥거리긴 했지만, 어쨌든 무사히 완성되었다. 이제 쿠키 반죽을 평평하게 펴서 냉장고에 넣고 한 시간쯤 재운 후 쿠키 틀로 모양을 찍어 구우면 된다고 한다.

"원래는 쿠키를 구워서 가지고 오려고 했는데 반죽부터 직접 만드는 게 더 재미있을 것 같아서."

다카나시 씨의 말을 듣고 보니 반죽부터 만들어야 진짜 내가 만든 쿠키일 것 같았다. 기다리는 동안 마신 캐러멜 라테도 맛있었다.

시간이 지나 냉장고에 넣어둔 반죽이 차갑게 굳자, 다카나시 씨가 가게에서 가지고 온 해바라기 모양 쿠키 틀로 반죽을 찍어냈다. 틀로 모양을 찍어내는 건 재미있었다. 진짜 쿠키를 만들고 있다는 실감이 났다. 문득 고개를 들어 보니 히구레 씨가 익숙한 손놀림으로 강아지 모양을 찍어내고 있었다. 전에는 잘 몰랐는데 히구레 씨는 손가락이 길고 예뻤다.

"히구레 씨는 악기 연주도 하세요?"

"응? 난 음악은 잘 못해요. 왜요?"

히구레 씨는 내 질문에 고개를 갸웃했다.

"손이 커서요. 피아노는 손이 클수록 칠 수 있는 곡도 많아지거든요."

"아, 그렇군요."

대화가 뚝 끊겼다. 히구레 씨는 말수가 적지만 할 말은 분명히 하는 편이었다. 표정이 딱딱한 편이 아닌데도 왠지 가까이 다가가기 어려웠다. 솔직히 아직 어떤 사람인지 잘 몰라서 무슨 얘기를 나누어야 할지 잘 모르겠다. 지금처럼 이렇게 몇 마디 나누다가도 대화가 잘 이어지지 않았다. 손님을 응대하는 일을 하는데 저래도 되나 싶었지만, 손님을 반겨주는 모카도 있고 타셋은 원래 조용한 카페니까 필요한 말만 최소한으로 해도 괜찮은 듯했다.

반면 하야리 씨는 성격이 밝고 표정도 풍부해서 말을 걸기 편했고 카페나 '시간의 수호자'에 관해서도 이것저것 알려주는 편이었다.

이런저런 생각을 하는 사이 쿠키가 다 구워졌다. 달콤한 버터 향이 카페 구석구석까지 퍼져나갔고 하야리 씨는 향이 너무 좋다며 환하게 미소 지었다.

예쁜 모양으로 찍어낸 달지 않은 쿠키 위에 달걀흰자를 건조해 만든 머랭 파우더와 슈거 파우더를 섞어 만든 '로열 아이싱'으로 그림을 그리면 아이싱 쿠키가 완성된다. 로열 아이싱은 생크림과 달리 마르면 단단하게 굳고 쉽게 상하지 않는다. 식용 색소로 원하는 색을 낼 수도 있어 솜씨 좋은 사람은 입체적인 꽃을 만들기도 한다고 한다.

지금 만드는 건 초보자인 나도 쉽게 만들 수 있는 버전이었다. 코코아 쿠키 가운데에 노란색 아이싱으로 격자무늬만 그리면 됐다. 쉽다곤 해도 부드러운 정도에 따라 테두리용과 채워 넣는 용으로 아이싱을 구분해 사용하는 일은 꽤 어려웠다. 자꾸만 아이싱이 손에 묻었고 표면이 예쁘게 펴지지 않았다. 실처럼 쭉 이어져야 하는 테두리도 늘어지거나 끊어지기 일쑤였다. 이대로면 선물하기 어려울지도 모르겠다는 생각에 자신감이 떨어졌지만, 네 번째쯤부터는 손에 좀 익었는지 제법 모양이 잘 잡혔다.

"와, 히구레 씨, 잘하시네요!"

내 옆에서 강아지 모양의 아이싱 쿠키를 만들고 있던 히구레 씨를 보고 다카나시 씨가 감탄했다.

"정말 솜씨가 좋으세요!"

확실히 처음 만든 쿠키부터 다카나시 씨가 샘플로 만들어 준 것과 비슷했다. 히구레 씨는 쑥스러운 듯 멋쩍게 웃었다.

"히구레는 프라모델 같은 것도 좋아하고, 이런 수작업이 재미있나 봐?"

하야리 씨가 웃으며 묻자 히구레 씨가 그렇다며 고개를 끄덕였다. 하야리 씨는 히구레 씨를 잘 아는 것 같고 히구레 씨는 하야리 씨를 꽤 좋아하는 것 같은데, 이 두 사람의 관계는 여전히 수수께끼다. 연인 사이도 아니고 친구 사이도 아닌 묘한 관계 사이에 낀 나만 공연히 매번 설렌다.

"오! 히마리도 많이 늘었네!"

잠시 손을 멈추고 히구레 씨가 만든 쿠키를 보는데 다카나시 씨가 날 칭찬해주었다.

"처음엔 힘 조절이 어려웠는데 이제 감을 좀 잡았나 봐요."

"그러게, 빨리 배우네!"

다카나시 씨는 아무래도 칭찬에 후한 듯했다. 조금 과하다 싶을 정도로 "오, 곡선이 진짜 깔끔하네"라든가 "손 각도가 예술인데"라고 말하며 마구 칭찬했다. 아무튼 칭찬할 만한 부분은 하나도 빼먹지 않고 칭찬해줘서 낯간지러울 정도였지만 한편으로는 좋았다. 사실 내 손가락은 마음먹은 대로 움직여 주지 않았다. 나름대로 열심히 하기는 했지만 히구레 씨나 다카나시 씨처럼 팔아도 될 수준까지 도달하기는 어려워 보였다. 하지만 그게 또 진짜 내가 만든 쿠키 같아서 좋았다. 너무 잘 만들면 엄마가 이제 피아노도 칠 수 있겠다고 말할 것 같아 무섭기도 했다.

그래도 맛은 다 똑같았다. 잘 만든 것을 몇 개 골라 전용 기계에 넣고 완전히 마르기를 기다리는 동안 우리는 실패작을 먹으며 차를 마시기로 했다.

카페에 손님이 많아지자 하야리 씨와 히구레 씨는 "편하게 쉬고 있어요"라는 말을 남기고 카운터로 갔고 나와 다카나시 씨만 주방에 남았다.

다시 한번 내가 만든 쿠키를 맛봤다. 방금 구운 거라 그런지 바삭하다기보단 포슬포슬하면서도 속이 약간 촉촉해 식감이 독특했다. 게다가 달콤하고 고소했다.

"너무 맛있어요. 감사해요."

"아니야, 그런데 쿠키는 처음 만들어본 거야? 지금까지 엄마나 친구랑 만든 적 없어?"

"네, 전 매일 피아노만 쳤거든요."

엄마에게는 피아노 외에 다른 건 모두 시간 낭비였기 때문에 나는 방과 후나 쉬는 날 친구와 놀아본 기억이 거의 없었다.

"엄마는 동생 돌보느라 바쁘셨거든요. 다카나시 씨는 가족이랑 같이 쿠키도 만들었어요?"

"어렸을 때는 엄마랑 종종 쿠키를 구웠어."

"정말요? 진짜 즐거웠을 거 같아요."

왠지 다카나시 씨가 나에게 마음을 쓰느라 머뭇거리는 것 같아서 나는 웃으며 물어보았다.

"응. 너무너무 즐거웠어. 그래서 혼자 오븐을 사용할 수 있게 된 후부터는 나 혼자 쿠키를 굽기 시작했고. 그 무렵에는 이미 엄마랑 같이 안 살았거든."

"그럼 정말 소중한 추억이겠네요."

"응. 엄마도 과자 만드는 걸 좋아하셨대. 아빠랑 할아버지, 할머니는 시큰둥하셨지만. 난 그 얘기를 듣고 과자가 나와 엄마를 이어주는 끈이라고 생각했어. 과자 만들기는 엄마한테 물려받은 재능일 거야.”

그녀는 쑥스러워 하면서도 말을 이었다.

“비록 함께 살지는 못했지만 확실히 내 안에 엄마라는 존재가 함께한다고 느꼈어. 그 덕분에 외로웠지만 버틸 수 있었고. 오븐의 열기와 달콤한 버터 향 속에서 난 혼자가 아니었으니까.”

나와는 반대다. 나는 함께 있든 떨어져 있든 내 안에서 엄마를 느낀 적은 없었다. 그렇다고 그녀를 부러워하긴 좀 그랬다.

“이제 엄마하고는 연락이 안 되는 거예요?”

“응…. 그게 좀처럼 어렵네.”

“그렇구나.”

다카나시 씨는 좋은 사람이니까 그녀의 엄마도 틀림없이 좋은 사람일 것이다.

“만나고 싶지 않아요?”

내가 묻자 그녀는 시선을 아래로 살짝 떨어트렸다가 고개를 저었다.

“다 내가 자초한 일이야. 엄마한테 못되게 굴었거든.”

“못되게 굴었다고요?”

“응. 뭐 이제 다 지난 일이니까. 우리 그런 얘기 말고 다른 얘기 할까?”

그녀는 힘겹게 웃으며 얼버무렸다. 달콤한 과자 향이 가득한 공간에서는 따뜻하고 즐겁고 설레는 이야기가 훨씬 더 잘 어울릴 것이다.

아이싱이 마르는 동안, 다카나시 씨와 난 카페 주방에 앉아 이런저런 이야기를 주고받았다. 그저 시간을 보내기 위한 대화였지만 이야기를 나누는 데 꼭 의미가 필요한 건 아닐 것이다. 즐거우면 그걸로 된 거다. 악보 없이 아무렇게나 치는 피아노처럼.

지금 이대로의 나도 괜찮다고 속삭여주는 듯한 따스한 안도감이 내 안에 퍼져나갔다. 이렇게 멋진 시간을 선물해준 다카나시 씨와 타셋의 두 사람에게 마음속으로 고마움을 전했다.

3

나는 엄마에게 줄 쿠키를 손에 들고 집으로 향했다. 현관에 들어서사마사 미트소스 냄새가 났다. 엄마는 부엌에서 저녁 식사를 준비하고 있었다.

우리 집 미트소스 스파게티에는 미트볼과 소시지가 함께 들어간다. 난 미트볼을 좋아하고 여동생은 소시지를 좋아해서 자매가 싸우지 않게 둘 다 넣기 때문이다. 그래서일까. 맛있긴 한데 뭔가 오묘한 맛이 난다. 어쩌면 둘 다 넣지 않는 게 더 나을지도 모르겠다.

이런 식으로 엄마의 요리에는 항상 없어도 되는 것들이 이것저것 들어간다. 나와 여동생의 식성과 영양을 고려해서 그러는 거겠지만, 엄마의 사랑은 어딘가 모르게 늘 버겁다. 그렇다고 매일 밥을 차려주는 엄마에게 불평을 늘어놓고 싶지는 않다. 대신 어머니의 날만큼은 감사한 마음을 전하고 싶어서 매년 피아노를 연주해왔다. 처음 연주한 곡은 〈강아지왈츠〉였다. 그리고 피아노 연습곡 〈흑건〉, 〈야상곡 제2번〉까지. 모두 엄마가 좋아하는 쇼팽의 곡이었다. 엄마 말로는 내가 엄마 배 속에 있을 때 이 곡들을 많이 들었다고 한다. 하지만 이젠 어느 하나 칠 수 없게 됐다.

그 대신 오늘은 열심히 쿠키를 구웠다. 늦은 어머니의 날이 되고 말았지만 이대로 잊은 척 지내기엔 마음 한구석이 계속 찔릴 것 같았다. 그러니까 이렇게 선물을 전하는 것도 좋지 않을까. 게다가 히구레 씨가 수제 캐러멜 소스를 조금 챙겨주었다. 우유에 타서 마시면 맛있는 캐러멜우유가 된다면서. 엄마를 기쁘게 할 준비는 완벽했다.

오늘도 스파게티에는 미트볼과 소시지 말고도 브로콜리와 만가닥버섯이 들어갔다. 미트소스 스파게티라기보다는 재료가 이것저것 듬뿍 들어간 토마토 스파게티에 가까웠다.

여동생 나노카는 만가닥버섯이 싫다고 투덜거리면서도 결국 접시를 깨끗이 비웠다.

영국에서 돌아와 오랜만에 같이 살게 된 여동생은 줄곧 신경이 날카로워 보였다. 반항기인가? 평소처럼 밥을 다 먹고 나면 곧장 자기 방으로 들어가 버리는 여동생을 뒤로하고, 설거지하는 엄마를 도와드렸다. 엄마는 아직도 손을 다치면 안 된다며 접시의 물기를 닦는 것만 시켰지만.

"저기, 엄마."

"응?"

"그릇 정리 마치면 선물할 게 있어요."

"선물?"

"응. 올해는 이사하느라 어머니의 날에 그냥 지나갔잖아요."

"어머, 정말?"

달그락거리는 그릇 소리와 세제 거품에서 퍼져나오는 오렌지 향 속에서 엄마는 환하게 웃었다. 왠지 모르게 기뻤다. 아직은 밤이 되면 공기가 좀 차서 따뜻하게 데운 우유에 캐러멜을 넣어 녹이고 머그잔 두 개를 준비했다. 그리고 귀엽게 포장한 해바라기 아이싱 쿠키를 엄마에게 건넸다.

"엄마, 항상 감사드려요."

흔한 말이었지만 진심을 담아 말했다.

"친구랑 같이 만든 쿠키예요. 처음 만든 거라 그렇게 잘하진 못했지만…."

난 가만히 엄마의 말을 기다렸다. 하지만 엄마의 얼굴에서 미소가 순식간에 사라졌다.

"너, 피아노는 이제 어떡할 거야?"

"…네?"

"도대체 몇 번을 더 말해야 알아듣겠니? 피아노를 칠 수 없다고 너 스스로 포기하는 게 가장 안 좋은 거라고!"

엄마는 쿠키를 테이블에 내려놓고 언성을 높였다.

"그, 그건…."

"다 네가 마음먹기에 달린 거야. 전처럼, 아니, 전보다 더 열심히 노력하면 틀림없이 다시 칠 수 있다니까."

"아니, 그럴 수 없어. 의사 선생님도 말했잖아."

"의사 선생님 말이라고 다 맞는 건 아니야! 이건 히마리 네 의지에 달린 거라고 몇 번을 말해야 알겠니? 의사가 뭐라고 하든 네가 매일 죽을힘을 다해 노력하면 반드시 칠 수 있게 된다니까!"

엄마는 전쟁으로 오른쪽 팔을 잃은 오스트리아 피아니스트, 파울 비트겐슈타인 이야기를 시작했다. 한쪽 팔을 잃고도 결코 피아노를 포기하지 않은 위인. 벌써 몇 번이나 들은 이야기였다. 하지만 세상에는 나 말고도 나름의 사정으로 피아노를 포기한 음악가들이 셀 수 없이 많다. 엄마는 정말로 노력만 하면 다시 음악의 세계로 돌아갈 수 있다고 믿는 걸까? 포기하는 사람, 고민하는 사람, 다른 길을 선택하는 사람, 이들은 모두 노력이 부족했다고 말하고 싶은 걸까?

"나… 그냥 난 나야. 엄마."

"그래. 넌 너지. 네 노력은 너 자신만 할 수 있어. 알겠니? 내가 원하는 건 이런 쿠키 따위가 아니라 네가 연주하는 쇼팽이야. 너도 알삲아. 부탁이니까 너 자신이나 엄마한테 핑계 대지 마!"

내가 일부러 핑계를 대는 것도 아닌데 엄마는 화를 내며 방으로 들어가 버렸다. 테이블에 놓인 캐러멜우유와 쿠키는 손도 대지 않은 채 그대로였다.

내가 정성껏 구운 쿠키. 다카나시 씨에게 배워 처음으로 만든 쿠키. 이게 다 엄마 눈에는 내가 핑계를 대고 노력을 게을리하는 증거로 보이나 보다.

함께 있지만 아무것도 몰라주는 사람도 있다. 난 그런 사람을 위해 쿠키를 구운 걸까? 치밀어오르는 충동을 이기지 못하고 쿠키를 쓰레기통에 처박아 버렸다. 얼마나 세게 던졌던지 플라스틱 쓰레기통이 화라도 난 듯 덜컹 소리를 내며 흔들렸다. 도망치듯 방으로 들어가 숨죽여 울었다. 엄마에게도 여동생에게도 우는 걸 들키고 싶지 않았으니까.

4

월요일인 다음 날 아침부터 머리가 무거웠다. 너무 울어서 눈이 퉁퉁 부은 채로 학교에 갔더니 반 친구들이 걱정해주었다. 난 슬픈 영화를 봐서 그렇다며 둘러댔다. 창피해서 죽을 것 같았다. 평소 무섭게 느껴지던 치토세까지 나를 걱정하면서 울 땐 눈을 비비지 않는 게 좋다고 알려주었다.

"손으로 자꾸 문지르면 더 잘 붓는대."

눈물 따위 한 번도 안 흘려 봤을 것 같은 치토세가 이런 걸 안다는 사실에 놀라면서도 다음에 울 땐 눈을 문지르지 말아야겠다고 생각했다. 또 울 일이 없으면 좋겠지만.

실컷 울고 나니 후련했다. 그래서 수업은 차분한 마음으로 들었다. 하지만 방과 후가 다가올수록 어제 일이 떠올라 마음이 점점 무거워졌다. 다시 집으로 돌아가야 한다. 엄마가 했던 말과 받아주지 않은 쿠키가 떠올랐다. 오늘 아침에 마음을 고쳐먹고 쿠키를 쓰레기통에서 꺼내려 했는데 엄마가 이미 치워버렸는지 쓰레기통은 텅 비어 있었다.

함께 정성껏 만든 쿠키를 먹지도 않고 버렸다는 죄의식이 가슴을 짓눌렀다. 타셋의 두 사람은 물론, 만드는 방법을 알려준 다카나시 씨에게 특히 미안했다. 굳이 솔직하게 말하지 않고 엄마가 기뻐했다고 말하고 넘어가면 될지도 모른다. 하지만 티 나지 않게 거짓말할 자신이 없었다. 차라리 솔직하게 사과하는 쪽이 나을 것 같았다.

방과 후 곧장 자전거를 타고 타셋으로 달려갔다. 하늘은 우중충한 잿빛이었다. 20분쯤 달렸을 무렵 갑자기 투두둑 투두둑 제법 굵은 빗방울이 떨어지기 시작했다. 어떡하지? 이제 와서 돌아갈 수도 없는데.

아스팔트가 물방울무늬로 하나둘 채워졌다. 갑자기 천둥이 울렸다. 놀라 얼어붙어 있을 때가 아니었다. 땅까지 흔들리는 듯한 진동이 지나가고 아플 정도로 피부를 때리는 빗방울이 가차 없이 덮쳐왔다.

"아, 어떡하지?"

망설이는 사이 바람도 거세졌다. 타셋까지는 조금만 더 가면 되는데. 조금이라도 비바람을 피할 수 있는 곳을 찾아 평소와 다른 길을 달리던 내 눈앞에 어디서 본 듯한 간판이 눈에 들어왔다. 전에 다카나시 씨가 타셋에 가져온 제과점 광고지에서 본 로고와 똑같았다. 가게 이름이 프랑스어로 쓰여 있어서 어떻게 읽어야 하는지는 몰랐지만. 비가 너무 거세서 적어도 빗줄기가 가늘어질 때까지만이라도 처마 밑에서 비를 피해야겠다는 생각에 가게로 향했다.

그때 마침 강풍에 펄럭거리는 깃발 배너를 정리하기 위해 다카나시 씨가 가게에서 나왔다.

"어머! 히마리, 괜찮아?"

"그게… 갑자기 비가 내려서요."

흠뻑 젖은 내가 걱정됐는지 다카나시 씨는 가게에서 비를 피하고 가라고 했다. 하지만 안에 손님용 자리가 따로 있는 것도 아니라서 젖은 채 들어가기는 좀 미안했다. 게다가 다카나시 씨를 마주하니 그런 걸 신경 쓸 겨를이 없었다.

"저… 그보다 다카나시 씨에게 사과를…."

"사과?"

그녀는 영문을 모르겠다는 듯 이마에 주름을 만들었다.

"네, 죄송해요. 저, 쿠키를 엄마에게 드리지 못했어요."

뺨을 흐르는 물방울이 빗물인지 눈물인지 나도 알 수 없었다. 그걸 계속해서 손등으로 훔쳤다. 치토세가 문지르면 안 된다고 했는데…. 다카나시 씨는 뭔가 말하려는 듯 입을 벌렸다가 다시 다물고는 고개를 끄덕였다. 그러고는 이내 다시 내 얼굴을 다정하게 들여다보며 천천히 말했다.

"그랬구나. 알았어. 난 괜찮아."

그 바람에 내 얼굴은 점점 더 거센 비를 맞은 것처럼 되고 말았다. 다카나시 씨는 좋은 사람이다. 좋은 사람이고 무척 다정하다. 이런 사람이 행복하지 않은 세상이라니 뭔가 잘못 됐다.

"전 다카나시 씨가 엄마랑 연락하셨으면 좋겠어요."

"응…?"

"다카나시 씨는 만나고 싶은 거죠? 같이 쿠키를 구웠던 엄마잖아요."

다카나시 씨의 엄마라면 딸이 구운 쿠키를 기뻐하며 먹어 줬을 게 분명했다. 눈길 한번 주지 않고 그대로 쓰레기로 내

다 버리는 그런 사람은 아닐 것이다.

"다카나시 씨의 엄마도 틀림없이 만나고 싶어 하실 거예요. 이대로 지내면 안 돼요. 좋아한다면… 엄마도 다카나시 씨를 좋아한다면 두 사람은 꼭 다시 만나야 해요!"

물에 빠진 생쥐 꼴로 펑펑 울면서 말하는 내 모습은 누가 봐도 이상해 보였을 거다. 다카나시 씨는 곤혹스러운 표정을 지었다. 하지만 난 과거로 돌아갈 수 있다는 것을, 4분 33초라는 짧은 시간 동안 과거로 돌아갈 수 있다는 것을 설명할 수 없었다.

"자초한 일이란 건 무슨 뜻이에요? 후회하는 일이 있는 거죠? 다시 되돌리고 싶은 일이 있는 거죠? 그럼 타셋에 가서 엄마 이야기를 들려주세요. 부탁이에요."

갑자기 잘 알지도 못하는 아이가 울면서 매달린다면 누구나 당황스러울 것이다. 그래도 나는 다카나시 씨만큼은 엄마와 화해하길 바랐다. 분명 난 그럴 수 없을 테니까. 다카나시 씨는 참 성가신 아이를 알게 되었다며 후회하고 있을지도 모른다. 하지만 그녀는 결국 펑펑 우는 나에게 졌다는 듯 한숨을 내쉬고는 알겠다고 대답했다.

"그런데… 그렇게 좋은 이야기는 아니야."

다카나시 씨는 거듭 말하면서도 내 부탁을 들어주기로 마음을 정한 듯했다. 그녀는 감기 걸리면 안 된다며 나에게 하얀색 작은 새가 그려진 귀여운 플리스 재킷을 빌려주었다. 그러고는 조수석이 젖는 것도 개의치 않고 나를 차에 태워 타셋으로 향했다. 다카나시 씨 차에서는 부드럽고 달콤한 바닐라빈 향이 났다.

내 모습에 놀란 하야리 씨와 히구레 씨는 카페 가장 안쪽 구석에 있는 벽난로 옆 소파에 보송보송한 수건을 여러 장 깔고 난로에 불을 지폈다. 기분 탓인지 카페는 평소보다 좀 어슴푸레했고 손님은 우리밖에 없었다. 창가에서 보이는 유리 피라미드도 오늘은 흐릿한 잿빛이었다. 카페 밖에서는 비가 세차게 내리다가 약하게 내리기를 반복하며 창문과 지붕을 두들겼다. 음악이 흐르지 않는 카페에는 빗소리와 장작 타는 소리만 울리고 있었다.

내 마음속 폭풍우가 조금씩 잦아드는 걸 느꼈다. 다카나시 씨는 '오늘의 블렌드 커피'를 블랙으로 주문했다. 난 오늘은 캐러멜 라테가 아니라 따뜻한 카페오레를 마시기로 했다. 오늘은 좀 써도 괜찮을 것 같다. 그런 기분이니까. 하지만 하야리 씨가 준비해준 커피는 부드러운 스팀밀크를 넣고 생크림을 산처럼 올린 뒤 초콜릿 소스를 듬뿍 뿌린, 이름하여 '히마리 스페셜'이었다. 커피도 쓴맛이 강한 에스프레소가 아니라 향이 좋은 레귤러커피라고 했다. 한 모금 마시자 달콤함에 마음이 풀렸다. 난 역시 쓴 건 좀 별로다.

그릇이 부딪치며 작게 달그락거리는 소리와 타닥타닥 장작이 타오르는 소리. 쏴쏴, 후드득후드득, 리듬감 있게 들려오는 빗소리. 카페에서 들려오는 소리에 귀를 기울이고 있는데 다카나시 씨가 혼잣말처럼 중얼거렸다.

"쓸쓸하네."

"쓸쓸해요?"

"응, 빗소리가 쓸쓸하게 들려. 몸도 마음도 추운 것 같아."

"아…. 그리고 보니 쇼팽의 〈빗방울 전주곡〉도 아름답지만 조금 쓸쓸한 느낌이 나요. '라♭'으로 표현된 빗소리는 싫지 않지만요. 그렇지만 오늘 같은 세찬 비는 싫어요."

난 쓴웃음을 지으며 대답했다. 오히려 오늘은 솔과 솔#, 라가 뒤섞인 불협화음이다.

"라? …아, 그렇지. 그런데 콘서트에서 음을 맞춰 볼 때 왜

'라' 음으로 하는 거야?"

"아…. '라'는 A랑 같은 거예요. 피아노 건반도 '라'부터 시작하고 국제적으로 'A'를 표준음으로 하기로 했거든요."

"A?"

"네, 아주 오래전 그리스 악기에서 가장 낮은음이 '라'였대요. '라'는 A에 해당하고 음계는 라부터 시작한다고 배웠어요."

"'도'가 아니었구나."

"ABCDEFG가 라시도레미파솔이에요."

"그럼 쇼팽의 〈빗방울 전주곡〉도 A음이야?"

"아니요. 라♭은 라보다 반음 아래예요."

"그렇구나, 그럼 시작점의 반걸음 앞이라는 건가?"

다카나시 씨는 알겠다는 듯 고개를 끄덕이고는 정원을 적시는 비를 바라봤다.

"…내 시작의 반걸음 앞엔 비가 내렸어. 차가운 비가 내리던 날, 오븐 옆에서 울고 있는 엄마를 봤지."

다카나시 씨가 이야기를 시작했다. 나는 다카나시 씨의 목소리에 귀를 기울인 채 눈을 감고 무의식적으로 빗소리에서 라♭ 음을 좇았다.

5

"길러주신 분들께 이런 말을 하기는 좀 그렇지만 아버지와 조부모님은, 그러니까… 사람을 정신적으로 괴롭히는 분들이셨어. 엄마에게는 정말 최악이었지."

블랙커피를 한 모금 마신 다카나시 씨는 쓴웃음을 짓고는 이야기를 계속했다. 다카나시 씨는 어른이 되어 본가를 떠난 후에야 그 사실을 제대로 알게 됐다고 한다. 다카나시 씨의 아버지는 폭력을 행사하지는 않았지만, 정신적으로 엄마를 힘들게 했다. '넌 도대체 할 줄 아는 게 뭐야?', '머리가 나빠서 이해를 못하는 건가?' 같은 심한 말을 아무렇지도 않게 내

뱉고 자기 아내를 멸시했다. 엄마는 딸인 다카나시 씨를 생각해 오랜 시간을 인내했다. 혹시라도 남편이 격분하면 언어폭력이 직접적인 폭력으로 바뀌어 본인이나 딸을 향할까 봐 두려웠다.

"아버지는 엄마를 자유롭게 풀어주고 싶지 않았는지 일하는 걸 허락하지 않았어. 하지만 시간이 흘러 경제적으로 어려워지자 결국 엄마도 일주일에 몇 번 시간제로 일하게 됐대."

새장 속의 새를 길들이는 건 쉬웠을지 모른다. 하지만 갇혀만 지내던 새가 새장 밖으로 나오면 어떻게 될까? 사랑받지 못하고 상처받고 학대받아온 새는.

엄마는 일하기 시작하고 얼마 지나지 않아 우연히 결혼 전에 사귀었던 사람을 만났다. 한때 사랑했던 그 사람은 아내가 지병으로 떠난 지 얼마 안 된 상황이었다. 상처 입은 두 사람의 마음은 자연스레 가까워졌다. 무엇보다 다카나시 씨의 엄마는 더는 남편의 언어폭력을 견디기 힘든 지경에 이르렀다. 그래서 이혼을 요구했지만 당연히 쉽게 받아들여지지 않았고 아버지는 다카나시 씨를 방패 삼아 엄마를 끝까지 묶어

두려 했다.

"점심 때 즐겁게 웃으며 함께 쿠키를 굽던 엄마는 그날 밤 이미 차갑게 식은 오븐에 기대어 울고 있었어. 그곳엔 아직 버터 향이 남아 있었지. 난 엄마가 너무 슬퍼 보여서 말을 걸지 못했어. 그리고 다음 날 아침, 엄마는 날 두고 집을 나갈 거라고 말했어."

엄마는 애끓는 심정으로 딸을 떠나기로 결심한 끝에 눈물을 흘렸던 것이다.

"지금은 알아. 날 사랑하지 않았다면 엄마는 그렇게 괴로워하지도 않았을 거라는 걸. 집을 나가지 않으면 자신을 지킬 수 없었단 것도 이젠 이해해. 하지만 어렸던 나는 그런 엄마를 쉽게 용서할 수 없었어."

그녀의 아버지는 살기 위해 자유를 선택한 아내를 매일 같이 매도했다.

"그때 아버지와 할머니는 엄마가 날 버렸다고 했어."

사실, 사랑하는 딸과 자신의 존엄 그리고 안전하고 평온한 생활을 저울질하게 만든 것은 다름 아닌 아버지와 조부모였다. 엄마가 원했던 일은 아니었다. 다카나시 씨는 성인이 된 후에야 그 사실을 깨달았다. 어린 시절, 견디기 힘든 슬픔과

쌓여만 가는 그리움 그리고 사랑은 끝내 분노로 바뀌고 말았다. 엄마를 사랑했기 때문에 더 슬펐다. 그렇기에 용서할 수 없었다.

그런 다카나시 씨의 마음을 나는 알 것 같았다. 받아주지 않은 쿠키가 가여워서, 나 자신이 가여워서, 너무 슬퍼 견딜 수 없었다. 나도 모르게 손을 꼭 쥐자 다친 손가락이 욱신거렸다.

"그렇게 넉 달이 지나고 내 생일날, 엄마와 마지막으로 만났어. 결국 모든 게 아버지의 의도대로 흘러갔지. 그 무렵 엄마는 나에게 이미 '사랑하는 사람'이 아니라 '세상에서 가장 미운 사람'이 되어 있었어."

드디어 딸을 만나게 된 엄마는 기뻐했을 것이다. 그들은 오도리 공원에 있는 둥그런 모양의 까만색 미끄럼틀 근처에서 만났다. 그렇지만 자기가 버려놓고 이제 와서 다시 만나고 싶다는 엄마의 마음을 이해할 수 없었던 다카나시 씨의 마음은 뒤틀려 있었다.

"사실은 엄마가 만나고 싶다고 아무리 애원해도 아버지가 절대로 만나지 못하게 했던 거였어. 할머니의 감시도 있었고 학교랑 이웃들에게도 엄마가 바람나서 아이를 버리고 집을

나갔다는 소문이 퍼져 있었으니까, 몰래 만나러 오지도 못했
겠지.”

진실을 알기에 다카나시 씨는 아직 너무 어렸다. 생일을
맞아 마지못해 아버지의 손에 끌려간 오도리 공원에서 귀여
운 아이싱 쿠키와 작은 새 인형을 손에 든 엄마와 만났다.

엄마는 눈물을 흘리면서도, 키가 많이 자랐다며 딸의 머리
를 쓰다듬어 주었다. 하지만 다카나시 씨는 당연한 말을 하
는 엄마의 말과 행동 하나하나가 마음에 들지 않았다.

자기가 버려놓고선. 다른 남자가 좋다며 쓸모없는 물건을
버리듯 집에 남겨두고 떠난 주제에.

“분한 마음을 억누를 수 없었어. 무책임하게 날 보고 기뻐
하는 엄마를 용서할 수 없었어…. 그래서 난 보란 듯이 엄마
에게 받은 쿠키와 인형을 공원 쓰레기통에 던져버렸어.”

쿠키를 쓰레기통에 버렸다는 그 말이 내 가슴을 따끔하게
찔러댔다.

“지금도 기억나. 오도리 공원 미끄럼틀 앞에서 화가 잔뜩
난 날 슬픈 눈으로 바라보던 엄마의 모습이.”

다카나시 씨는 엄마가 지금 당장 달려와 꼭 끌어안아 주길
바라는 만큼이나 엄마에게 상처를 주고 싶었다. 그렇게 해서

라도 엄마가 자신이 틀렸다는 걸 깨닫고 집으로 돌아오길 바랐다. 하지만 엄마는 돌아오지 않았다. 엄마는 슬픈 눈으로 아무 말 없이 딸과 전남편이 공원에서 떠나가는 모습을 그저 가만히 지켜볼 뿐이었다.

"그래, 난 그때 쿠키와 함께 엄마를 버렸어. 엄마가 날 버린 게 아니라 내가, 나 스스로 버린 거야."

다카나시 씨는 슬픈 표정으로 힘겹게 말을 이었다. 목소리에는 후회의 빛이 어려 있었다. 그 후로 엄마는 두 번 다시 다카나시 씨에게 연락하지 않았다. 아니면 연락했는데 아버지가 가로막았는지도 모른다.

"그럼 어쩔 수 없었겠네요…. 아버지도 엄마도 다 자기들 멋대로만 하고…."

물론 아버지가 잘못한 건 맞다. 하지만 그런 곳에 딸을 남겨두고 떠난 엄마도 아무런 잘못이 없다고 말할 수는 없다.

"설령 부모라 해도 아이를 위해 자길 아프게 하고 괴롭히는 사람과 함께 살라고 강요할 수는 없어. 적어도 아버지는 엄마를 불행에 빠트리기만 했으니까."

"그래도…."

반문하려는 날 보며 다카나시 씨는 고개를 저었다.

“엄마는 아마 날 데려가려고 했을 거야. 그런데 그걸 내가 거절한 거지.”

엄마에게는 횡포를 일삼는 남편과 시어머니였지만 적어도 할머니가 손녀를 사랑한 건 사실이다. 엄마로서 시어머니가 손녀를 사랑하는 방식에 불만이 없었다면 거짓말이겠지만, 딸의 안전만큼은 보장할 수 있었다.

반대로 자신이 새롭게 시작하게 된 삶이 안전하리라는 보장은 어디에도 없었다. 엄마는 아버지와의 일도 있었던 터라 결혼에 대해선 신중했을 것이다. 엄마의 조심스러운 마음이 오히려 딸과의 사이에 거리를 만들었을 거라고, 다카나시 씨는 눈가에 눈물을 머금은 채 나에게 설명했다.

“그러면….”

다카나시 씨가 모두 자기 탓이라며 자책하는 건 옳지 않다. 내가 막 입을 열려는데, 시선이 닿는 곳에서 하야리 씨가 슬픈 눈으로 천천히 고개를 저었다. 왜 말하면 안 되는 걸까? 그렇게 생각하며 삼킨 말은 카페오레보다 훨씬 썼다. 다카나시 씨는 이보다 더 쓸 것이다. 그런데도 계속 쓴 커피를 마시는 다카나시 씨를 난 도저히 이해할 수 없었다.

“결정적인 계기를 자신이 만들었다고 생각하는 거군요.”

내 의문에 대답하듯 히구레 씨가 말했다.

"그래요…. 난 그때 엄마를 증오했지만 한편으로는 사랑했어요. 그래서 쿠키를 쓰레기통에 버린 걸 바로 후회했죠. 하지만 아버지가 손을 꽉 잡아끌어서 쿠키를 다시 주우러 갈 수 없었어요."

마치 그때의 흔적이 지금도 피부에 남아 있기라도 한 듯 다카나시 씨는 손목을 내려다봤다. 그녀는 그런 상황을 만든 건 어른들이라 하더라도 그걸 선택하고 계기를 만든 사람은 자신이라며 두 손에 얼굴을 묻었다.

"사랑하는 사람을 계속 떠올리며 사는 건 괴로운 일이야. 아마 그건 엄마도 마찬가지일 테니까. 그래서 잊고 살기로 했어."

사랑하니까 후회와 미련을 남긴 채로는 살아갈 수 없었던 거다.

"하지만 만약 그때로 돌아갈 수 있다면 난 절대로 쿠키를 버리지 않을 거야. 엄마를 끌어안고 손도 마음도 절대로 놓지 않을 거야."

어느새 창밖의 빗줄기는 가늘어져 안개비로 바뀌어 있었다. 난로에서 장작 타는 소리와 다카나시 씨가 훌쩍이는 소리만 들려왔다. 고요하고 잔잔하게 들려오는 슬픈 소리를 들으며 난 지금 당장, 이 슬픈 시간을 바꾸고 싶었다.

"다카나시 씨, 커피 한 잔 더 드실래요?"

그때 하야리 씨가 부드러운 목소리로 물었다.

"네?"

"꼭 추천하고 싶은 커피가 있어요."

"저한테요?"

"네. 프렌치프레스라서 시간이 조금 걸리지만요."

"시간은 괜찮아요. 이런 얼굴을 하고 가게로 돌아갈 수도 없고."

다카나시 씨는 고개를 들고 눈물을 손등으로 쓱 닦고는 소리 없이 웃었다. 하야리 씨는 다카나시 씨의 자조적인 미소에 화답하듯 조심스레 웃어 보이더니 마치 노래하듯 속삭였다.

"잠시 꿈을 꾸지 않으시겠어요? 이 커피가 만들어지는 동안 상상해보세요. 그때로 돌아갔으면, 하고요. 엄마와 헤어졌던 순간에 바꾸고 싶은 것을 떠올리면서요. 커피가 내려지는 4분 33초 동안."

하야리 씨가 프렌치프레스에 천천히 뜨거운 물을 부었다. 커피 향이 그윽하게 퍼져나가고 쪼르륵 뜨거운 물을 붓는 소리와 시계 소리가 저 멀리에서 울리기 시작했다.

"자, 눈을 감고 꿈을 꾸세요. 짧은 꿈을."

6

귓가에 울리는 시계 소리가 멀어지고 대신 아이들의 웃음소리가 들려왔다.

눈을 뜨자 하늘을 찌를 듯한 삿포로 TV 타워가 저 멀리 보였다. 오도리 공원이다. 급히 주변을 둘러보니 검은색 원통형 미끄럼틀 근처에서 즐겁게 뛰어노는 아이들이 보였다. 다시 마주한 세피아 빛 세상은 벚꽃과 라일락의 계절을 지나 나뭇가지 사이로 쏟아지는 햇살이 벤치에 무늬를 만들어내고 있었다.

"시마, 이제 그만해! 에나도 다신 만나고 싶지 않다잖아."

산들거리는 나뭇가지 사이로 아이들의 웃음소리가 울려 퍼지는 행복한 세상에 돌연 누군가가 소리쳤다. 그 앞에 다카나시 씨와 생김새가 비슷한 여성이 당장에라도 눈물을 쏟아낼 듯한 표정으로 서 있었다.

"에나, 버려!"

남자가 소리치자 작은 새가 놀라 도망치듯 날아가 버렸다.

"그런 건 쓰레기통에 버리는 거야. 어서! 네가 직접 버려. 저런 여자가 준 선물은 쓰레기나 마찬가지야."

남자는 이번에는 자기 옆에 서 있는 작은 여자아이를 향해 소리 질렀다. 작은 새와 달리 여자아이는 도망가지 못했다. 여자아이는 울고 있었다. 그 모습을 지켜보는 여자도.

"에나!"

남자가 더 큰 목소리로 재촉했다. 아니, 명령했다. 깜짝 놀란 여자아이가 허둥대며 선물을 쓰레기통에 내던졌다.

"아⋯."

여성이 마음 아프다는 듯 신음했다. 여자아이의 얼굴도 눈물범벅이 되었다. 그 아이의 얼굴에서 좀 전에 내 앞에서 울고 웃었던 다카나시 씨의 모습이 엿보였다.

“이제 알겠지? 두 번 다시 에나 앞에 나타나지 마!”

남자가 승리감에 젖어 웃었다. 엄마의 선물을 버린 건 다카나시 씨가 아니었다. 아버지가 버리라고 시킨 거였다. 역시 다카나시 씨는 아무런 잘못도 하지 않았다.

“에나, 가자!”

“그렇지만….”

“저 여잔 딸인 너보다 남자가 중요한 사람이야. 너도 알지?”

구름 한 점 없는 하늘 아래, 차마 들어줄 수 없는 비열한 속삭임이 울렸다. 그 말을 들은 여자아이, 조그만 다카나시 씨의 두 눈에서는 눈물이 뚝뚝 떨어졌다. 하지만 그녀의 입술은 분명히 “엄마” 하고 움직이고 있었다.

“에나….”

엄마가 매달리듯 손을 뻗었다.

“에나, 이제 가자!”

모녀를 떼어놓으려 남자가 다카나시 씨의 팔을 거칠게 잡아끌었다.

“어떡해….”

나도 모르게 입술에서 가늘게 떨리는 목소리가 새어 나왔다. 이대로라면 다카나시 씨의 과거는 바뀌지 않는다. 유키에 씨 때처럼 아무것도 바꾸지 못하고 끝나게 된다.

그녀는 무서워하고 있었다. 아버지를 거역할 수 없는 것이다. 자신의 기억을 바꿔버릴 만큼, 저 남자가 너무 무서운 것이다. 하지만 이대로라면 아무 것도 바뀌지 않는다.

"잠깐만요!"

어느새 내가 소리치며 뛰어나갔다.

"히마리!"

뒤에서 하야리 씨의 목소리가 날 붙잡았지만 멈추지 않았다. 아니, 멈출 수 없었다. 시간은 얼마 남지 않았고 단 한 번뿐인 기회니까. 난 곧장 쓰레기통으로 달려갔다. 이번에는 절대로 그냥 버리게 두고 싶지 않았다. 다카나시 씨만큼은 후회하는 순간을 바꿀 수 있길 바랐다.

"저기요! 이거 깜빡하신 거 같아요."

난 버려진 선물을 꺼내 여자아이에게 달려갔다.

"뭐야? 이건 쓰레기….

"아니요! 따님이 받은 소중한 선물이에요."

남자의 말을 끊고 더 크게 말했다. 난폭해 보이는 남자가 처음에는 무서웠지만 가까이서 보니 그렇지만도 않았다. 난 어렸을 때부터 더 무서운 선생님들에게 가르침을 받아왔다. 덩치가 크고 말도 제대로 통하지 않는 선생님에게 야단맞은 일도 한두 번이 아니다. 그에 비하면 다카나시 씨의 아버지는 몸집도 그리 크지 않았고, 어딘가 초라해 보여서 조금도 무섭지 않았다.

날 노려보길래 똑같이 노려봤다. 그러자 남자는 순간 겁을 먹었는지 입을 다물었다. 난 그 틈을 타 다카나시 씨의 두 손에 선물을 쥐여주었다.

"너에게 소중한 거잖아. 절대로 놓으면 안 돼. 엄마와 너를 이어주는 끈이니까."

다카나시 씨는 혼란스러운 듯 눈을 깜빡거렸다. 하야리 씨가 말했다. 사람들은 과거로 돌아가면 종종 혼란스러워 한다고. 과거와 미래의 기억과 감정이 뒤얽히는 그 속에서 자기 자신을 잃지 않고 버틸 수 있는 사람은 그리 많지 않다고.

"고맙습니다."

하지만 다카나시 씨는 날 보고 자신이 하고 싶었던 일이 무엇인지, 선택하고 싶었던 미래가 뭐였는지 떠올린 듯했다. 그 증거로 그녀는 나를 향해 고개를 끄덕인 뒤 똑바로 엄마를 향해 달려갔다.

"엄마!"

"에나!"

달려온 다카나시 씨를 엄마가 끌어안았다. 다시는 놓지 않겠다는 듯이 간절하게.

"엄마, 난 괜찮아요."

다카나시 씨가 엄마의 눈을 보고 또박또박 말했다.

"에나…."

"따로 살아도 괜찮아요. 그래도 난 엄마가 세상에서 제일 좋아요. 절대로 잊지 않을 거예요. 사랑해요. 그러니까 행복하게 지내세요. 안전한 곳에서 엄마를 정말로 아껴주는 사람과 함께…. 그러니까 나중에 날 꼭 데리러 와야 해요. 그때까지 기다릴 거니까."

"응, 꼭 데리러 갈게. 약속해."

두 사람이 새끼손가락을 단단히 건 순간, 세상이 흔들리며 일그러졌다. 시계 소리가 울리고 나는 미래로 돌아왔다. 4분 33초 후의 세상으로.

7

눈을 뜨자 카페 타셋이었다. 난로에서는 타닥타닥 장작이 타올랐고 커피 향이 그윽하게 감돌았다. 고개를 들자 하아리 씨가 약간 무서운 표정으로 멈춘 시계 앞에 서 있었다.

"하야리 씨?"

카페를 둘러보니 다카나시 씨의 모습은 보이지 않았다. 소파에 앉아 있는 사람은 나 혼자뿐이었다.

"다카나시 씨가 없어요. 어떻게 된 거죠?"

덜컥 불안한 마음에 하야리 씨를 봤더니 그녀는 화난 표정으로 고개를 저었다.

“몰라.”

“…왜요?”

내가 뭔가 잘못한 걸까 싶어 히구레 씨를 보자, 그는 난처한 듯 미간에 주름을 잡고 바닥만 바라봤다. 왜? 어째서? 난 다카나시 씨가 잘되게 도와주었다고 생각했는데.

“잘되지 않은 거예요? 다카나시 씨는 그럼 지금….”

“우리가 바뀐 미래를 알 수 있는 방법은 많지 않아.”

하야리 씨가 내 말을 끊었다. 그랬다. 그래서 하야리 씨는 스기우라 씨가 새로운 미래에서 어떻게 살고 있는지 몰랐다.

“그럼 미래는 바뀐 거지요? 그런데 왜 그래요?”

하야리 씨는 날 보며 길게 한숨을 내쉬었다.

“히마리, 우리가 시간을 아주 조금 다룰 수 있는 건 맞아. 그렇지만 그뿐이야. 우린 그저 과거로 가는 길을 안내할 뿐이야.”

“네?”

“선택은 본인 몫이야. 우린 과거의 시간에 끼어들거나 조작하면 안 돼.”

하야리 씨는 내가 다카나시 씨의 과거에서 쓰레기통에 버려진 선물을 꺼내 그녀에게 건넨 일을 질책했다.

"하지만 돌아갈 수 있는 기회는 한 번뿐이잖아요! 다카나시 씨까지 미래를 바꾸지 못하면… 그러면….'

유키에 씨는 모처럼의 기회를 놓치고 말았다. 다카나시 씨도 하마터면 그럴 뻔했다.

"그래도 끼어들면 안 돼. 힘을 부여받았다고 해서 다른 사람의 운명에 함부로 끼어들면 안 되는 거야."

"하지만…"

그때 도어벨이 울렸다.

"어서 오세요."

평소처럼 히구레 씨가 손님을 맞이했다.

"아….'

순간 난 할 말을 잃었다.

"안녕하세요. 다음 달에 이 근처에 제과점을 오픈하게 돼서 홍보하러 왔어요. 혹시 여기에 홍보 명함을 두어도 괜찮을까요?"

손님은 카페 바닥에 물이 떨어지지 않도록 조심스레 우산을 접어 우산꽂이에 꽂은 뒤 가게 안으로 들어왔다. 다름 아닌 다카나시 씨였다.

"제과점이요?"

마치 처음 만난 것처럼 서먹하게 히구레 씨가 말했다. 그래야 했다. 새로운 미래에서 우린 아직 만나지 않았으니까.

"네. 쿠키를 메인으로 하는 가게인데 공원에서 산책할 때 먹기 좋은 과자 세트 같은 걸 판매하려고요."

그녀는 토트백에서 가게 명함과 광고지를 꺼냈다. 명함에는 하얀 새 두 마리가 꼭 붙어 있는 모습이 앙증맞게 그려져 있었고 '시마에나가'라는 가게 이름도 적혀 있었다.

"정말 예쁜 가게네요."

히구레 씨의 말에 다카나시 씨가 환하게 웃었다.

"제 이름이 '에나'예요. 같이 일하는 엄마 이름은 '시마'고요."

"아, 시마 씨와 에나 씨의 가게라는 뜻이네요."

이 말을 들은 순간, 눈물이 왈칵 쏟아졌다.

그런 날 보고 짧게 숨을 내쉰 하야리 씨가 어쩔 수 없다는 듯 내 머리를 가볍게 헝클었다.

"제과점이라니 반가워요. 앞으로 친하게 지내요. 방금 커피를 내렸는데, 한 잔 어떠세요?"

하야리 씨가 프렌치프레스를 들고 카운터로 향했다.

"정말요? 그래도 괜찮을까요?"

"그럼요. 괜찮고 말고요. 마침 좋은 기회니까 오픈 기념으로 우리 카페랑 협업해서 시마에나가 전용 블렌드 커피를 판매하는 건 어떨까요? 우리 카페에서도 커피랑 같이 먹기 좋은 쿠키를 진열해놓으면 자연스럽게 제과점 홍보도 될 테고요. 쓴 커피랑 달콤한 과자는 연인 같은 관계잖아요."

하야리 씨는 기분이 완전히 풀렸는지 어느새 신메뉴 이야기를 하기 시작했다. 그 모습에 놀라면서도 하야리 씨와 히구레 씨가 지금까지 이렇게 4분 33초 후의 뒤바뀐 미래를 함께 해왔구나 싶어 가슴이 뭉클해졌다.

나는 처음 만났을 때처럼 커피를 사이에 두고 눈을 반짝이며 이야기 나누는 다카나시 씨와 하야리 씨를 지켜봤다. 다카나시 씨의 머리핀 끝에 달린 귀여운 새 두 마리가 자꾸만 흔들리는 걸 보며 내 입가에도 미소가 번졌다. 하야리 씨를 화나게 했지만 그래도 다행이다. 환하게 웃는 다카나시 씨의 옆모습을 보며 과거를 바꾸길 정말 잘했다고 생각했다.

달과 함께 왈츠를

waltz

1

오비히로의 여름은 무더웠다. 새파란 하늘과 따갑게 내리쬐는 햇살, 지글지글한 열기에 달아오르던 오비히로의 여름에 비하면 삿포로의 여름은 한결 얌전하게 느껴질 정도였다. 기분 탓인지 파란 하늘도 조금 옅어 보였다.

유월 중순, 일기예보에서는 한여름에 들어섰다고 했는데 하늘은 짙은 파란색이라기보다는 선명한 하늘색에 가까웠고 아침 공기는 상쾌했다. 그렇게도 가기 무서웠던 중학교였지만 지금은 그다지 싫지 않았다. 하지만… 즐겁냐고 묻는다면 아직 잘 모르겠다. 반 친구들은 대부분 나에게 잘 대해준

다. 딱히 괴롭히는 아이도 없다.

하지만 특별한 친구가 있냐고 묻는다면 아마도 대답은 ‘아니오’일 것이다. 물론 누구든 말을 걸면 자연스레 대답해주고 함께 어울려준다. 하지만 당연스레 매일 붙어 다니는 친구는 없다. 원래 친구가 많은 타입은 아니지만 그래도 초등학교 때는 반에서 한두 명쯤 쉬는 시간이나 점심시간을 함께 보내는 아이들이 있었는데.

나는 이미 친해진 아이들 사이에 억지로 끼어들 만큼 사교적이지 않다. 하야리 씨는 1학년이 시작된 지 얼마 되지 않았는데 “2학년이 되면 반이 바뀔 테니까 괜찮아”라며 한가한 소리를 했다. 그 어렴풋한 불안과 외로움은 여름 향기가 감돌기 시작한 유월, 교실 체육 수업이 끝나갈 무렵 선명한 모습을 드러냈다.

“…자, 앞서 말한 대로 두 사람씩 팀을 짜서 주제를 정하고 직접 만든 댄스를 발표할 거예요. 남녀 모두 다음 주 초까지 파트너를 정해오세요.”

야속하게도 선생님은 이렇게 말한 뒤 수업을 마무리하고 교실을 나갔다. 나누어준 프린트를 보며 어떻게 해야 할지 몰라 한숨을 내쉬었다. 체육 실기 수업은 종종 옆 반과 같이 수업하기도 했는데, 이번 수업도 마찬가지로 옆 반과 함께 하는 창작 댄스 발표 수업이었다. 몸치인 내게 '창작 댄스'를 하는 것만으로도 우울한 일인데 둘씩 팀을 짜서 해야 한다니…. 적어도 세 명이나 네 명이면 좋았을 텐데. 아니면 혼자라든가…. 혼자 하면 부끄러우려나? 아니, 이대로면 혼자 춤추게 될지도 모른다.

아, 진짜 누구랑 하지? 뒤숭숭한 마음을 안고 교실을 둘러봤다. 다들 앞다투어 같이 할 친구를 찾으러 가고 나만 혼자 남았다.

반에서 가장 친한 야마네는 늘 함께 다니는 다니와 이야기하고 있었다. 당연한 일이다. 차라리 오이카와네 반과 합동 수업이었으면 좋았을 텐데. 같은 반 친구들과도 아직 서먹한데 옆 반 친구는 말할 것도 없었다.

반에서 짝을 찾지 않는 아이도 있었는데, 그런 아이는 옆 반에 친한 친구가 있는 경우였다. 대각선 앞자리에 앉은 안경을 쓴 카자미 쓰키코는 옆 반에 친한 친구가 있다. 뒤를 돌아보니 치토세도 자리에 그냥 앉아 있었다. 얘는 어떻게 할 생각일까? 치토세가 친구와 떠들며 노는 모습을 본 적은 없다. 어쩌면 이 아이도 혼자일까? 하지만 동성끼리 팀을 짜라고 한데다, 설령 괜찮다고 해도 치토세에게 같이 팀을 하자고 말하는 건 어려웠다. 선생님은 도대체 왜 이런 심술궂은 수업을 만든 거야?

"…맞다!"

그 순간 깨달았다. 어차피 학생 수는 정해져 있으니 기다리면 마지막에 나와 다른 누군가가 남을 것이다. 애써 누군가를 찾지 않고 그 한 사람을 기다리면 되는 거 아닌가? 마지막에 남은 사람이 더 괜찮을지도 모를 일이다.

차분하게 생각을 정리한 뒤 숨을 깊이 들이마셨다. 괜찮아. 기다리자. 소극적인 전략이긴 하지만 그 방법밖에 없었다. 넉살 좋게 옆 반에 쳐들어가 잘 알지도 못하는 애를 아무나 붙잡고 말을 걸 수 있는 강심장이었다면 애초에 이런 걱정은 하지도 않았을 테니까. 초조해하지 말고 느긋하게 행운을 기다리자. 그러다 혼자 남으면 몹시 슬프긴 하겠지만, 숫자가 안 맞는데 둘이서 짝을 지으라고 한 선생님 잘못이다. 그렇게 되면 특별히 예외로 셋이서 하라고 허락해줄 수도 있다. 그러면 야마네랑 다니 팀에 끼어 셋이서 할 수 있을지도 모른다. 성격 좋은 두 사람이라면 싫다고 하진 않을 테니까.

괜찮아, 괜찮을 거야. 계획은 완벽해. 난 짐짓 아무렇지 않은 척 프린트물을 챙겼다. 흐음. 이런 상황에 기분이 괜찮다고 하면 거짓말이겠지만, 그래도 오늘은 다행히 직원 회의인지 뭔지 때문에 점심시간 이후 바로 하교하는 날이었다.

학교가 끝나면 집에 들렀다 평소대로 카페에 가자. 카페에서는 가족도 친구도 아닌, 같은 능력을 지닌 사람끼리만 나눌 수 있는 비밀스러운 친근함을 느낄 수 있어서 좋았다. 아직 커피 맛은 잘 모르지만. 오늘 역사 수업에서 선생님이 커피의 역사에 관해 잠깐 언급하셨는데 일본에서 처음 커피를 마신 사람은 에도시대 네덜란드어 통역사이자 의사였던 사람이 유력하다고 한다. 커피에 관해 좀 더 알게 되면 하야리 씨나 히구레 씨와 더 많은 이야기를 나눌 수 있지 않을까? 그런 생각이 들어 타셋에 가기 전에 도서관에 들르기로 했다.

집에 도착하자마자 바로 다시 나가려는데 엄마가 못마땅한 표정을 지어 보였다.

"학교 친구랑 도서관에서 공부할 거야."

내 변명을 듣고도 반신반의하는 것 같았다. 엄마는 내가 사교적인 편이 아니라는 것을 아니까. 하지만 사실대로 말할 수는 없는 노릇이었다.

"공부도 좋지만 이제 슬슬 피아노 연습도 해야지."

날 수상하게 여기면서도 친구 관계보다 피아노가 걱정인 듯했다.

난 긍정도 부정도 하지 않고 차고에서 자전거를 꺼내 집을 나왔다. 목덜미에 내리쬐는 여름 햇살이 따가웠다. 바람을 가르며 달릴 때면 기분이 상쾌하다.

전에 하야리 씨가 모에레누마 공원을 자전거로 달리면 기분이 좋다고 했던 말이 떠올랐다. 공원에서 자전거도 빌려준다고 했었다. 타셋에 자주 가면서도 모에레누마 공원은 근처를 지나가거나 유리 피라미드 꼭대기를 멀리서 바라본 게 다였다. 다음 주말에라도 한번쯤 가보고 싶었다. 그 정도로 오늘은 날씨가 참 좋았다. 너무 더운 것도 싫지만 따갑게 내리쬐는 햇살이 댄스 과제의 시름을 잠시나마 잊게 해주었다.

그러다 불현듯 잊고 있던 것이 생각났다. 댄스 발표는 어떻게 하지? 마지막에 남은 사람과 하면 되겠지만 그 아이가 날 싫어할지도 모르고 대하기 거북한 친구일지도 모른다. 내가 선택할 수 있는 문제가 아니란 건 알지만…. 다시 찾아온 걱정 탓에 우울한 마음이 짓눌린 채 자전거에서 내려 도서관으로 막 들어가려 할 때였다.

“어? 미사키?”

도서관 입구에서 익숙하지 않은 목소리가 들려 돌아봤다. 그곳엔 낯익은 여자아이가 책을 품에 안고 서 있었다.

“아! 카자미?”

같은 반 친구인 카자미 쓰키코였다.

“다행이다! 날 모르는 줄 알았어.”

카자미는 헤실헤실 웃으며 말했다. 같은 반 애들 중에서도 느낌이 좋은 친구였지만 직접 얘기를 나눠보는 건 처음이었다.

“그럴 리가…. 그 책 예쁘다.”

무슨 말을 해야 할지 몰라, 일단 화제를 돌렸다. 실제로 카자미가 들고 있는 까만색 양장 책은 가운데에 은빛 거울이 그려져 있어 무척 멋졌다.

“그렇지? 내가 미하엘 엔데를 좀 좋아하거든.”

“《모모》작가?”

“응, 맞아. 이건《거울 속의 거울》이라는 책이지만. 미사키, 너도 책 좋아해?”

카자미는 살짝 몸을 내밀며 물었다.

“어, 싫어하진 않아.”

책은 손을 다칠 염려가 없다는 이유로 엄마가 허락한 몇 안 되는 즐길 거리였다. 하지만 책을 읽느라 피아노 치는 걸 게을리할까 봐 많이 사주진 않았다.

"그럼 이 도서관에도 자주 와?"

"아니, 전에 엄마랑 한 번 와본 게 다야. 앞으로는 종종 오려고."

"그러면 또 만날 수 있겠다. 어떤 책 빌리러 왔어? 아니면 도망 나온 거야?"

"도망?"

"응, 난 도망 나왔어. 잘난 오빠가 있으면 좀 힘들거든. 특히 쌍둥이는."

"너 쌍둥이였어?"

"아, 미사키는 모르는구나."

"응, 처음 들어."

카자미에게는 쌍둥이 오빠가 있는데 성적이 엄청 좋은 듯했다. 초등학교 졸업식 날 대표로 인사말을 낭독하기도 해서 같은 학교에서 올라온 친구들은 다 알 거라고 했다.

"게다가 우리 가족은 사이가 엄청 좋은 편이라 결속력이 강해. 그러다 보니 가끔 짜증 날 때도 있어서 그럴 때마다 여기 오곤 해."

가족끼리 사이가 좋다니 약간 부럽기도 했다. 짜증 날 때가 있다는 말도 이해됐고.

"하나부터 열까지 간섭하면 좀 그렇긴 하지."

"맞아! 난 나일 뿐인데 말이야. 너네 집도 그래?"

"우리 부모님은 이혼했어. 아빠는 외국에서 일하고, 여동생하고도 사이가 별로야…. 그래도 간섭받기 싫은 마음은 너무 잘 알아. 우리 엄마는 내가 하고 싶어 하는 걸 뭐든 못하게 하려 하고 내 얘긴 들어주지 않거든."

"휴, 우리 부모님은 묻는 말에 대답이라도 할라치면 웃으면서 반항기냐고 묻는다니까. 싫은 걸 싫다고 말하는 것뿐인데 왜 그러는지 몰라. 매번 바보 취급만 하고."

"뭐, 비슷한 것 같기도…."

반항기냐고 묻거나 바보 취급하진 않지만 어리다는 이유로 내 말을 흘려들을 때는 있다.

"부모님께는 감사하긴 하지만 가끔 내 말 좀 제대로 들어줬으면 좋겠어."

"맞아!"

고개를 끄덕이자 카자미는 "아, 정말 짜증나" 하면서 웃었다. 학교에서 본 그녀는 굵은 안경테와 교복 때문인지 별로 활발해 보이지 않았다. 친구들과 사이가 나쁜 건 아니지만 눈에 띄는 아이도 아니었다. 그런데 지금 얇은 후드티에 청바지를 입은 카자미는 단발이 잘 어울렸고, 학교에서 봤을 때보다 쾌활해 보였으며 웃는 얼굴도 무척 친근하게 느껴졌다.

순간 난 그녀가 내 댄스 파트너라면 좋겠다고 생각했다. 하지만 카자미는 점심시간에 옆 반 친구에게 가는 것 같았다. 아마도 그 친구와 먼저 약속했을 것이다. 갑자기 서럽도록 외로움이 몰려와 빨리 타셋으로 가고 싶어졌다. 커피 책은 언제든 찾아볼 수 있을 테니 얼른 편안하게 머물 수 있는 곳으로 도망치고 싶었다.

"그럼 나중에 학교에서 보자."

나는 이야기를 마치고 도서관을 나서려 했다.

"응? 벌써 가는 거야?"

카자미가 눈을 동그랗게 뜬 채 나를 보며 내 손목을 꽉 잡았다.

"어, 왜?"

놀라서 발걸음을 멈추었다.

"저기 있잖아, 미사키! 혹시 댄스 파트너 정했어?"

"응?"

"체육 수업 말이야. 야마네는 다니랑 하기로 한 것 같고. 미사키는 같이 할 친구 없을 거 같아서…. 아직 안 정했으면 나랑 할래?"

카자미의 목소리가 점점 작아졌다. 놀랐다. 카자미가 먼저 말해주다니. 이렇게 좋은 일이 일어나다니. 신은 매번 나에게 심술만 부렸는데.

"…나랑 왜?"

나는 경계심을 감추지 못한 채 물었다. 그래서였을까? 카자미는 불안한 듯 눈을 깜빡였다.

"…기분 나빴어?"

"아니. 그게 아니라… 너는 다른 친구랑 할 줄 알았거든."

"아, 케이 말이야?"

"응."

분명 케이코인가 하는 이름이었다. 하지만 그녀는 내 질문에 뭐라 답해야 할지 모르겠다는 듯 망설이더니 입을 다물었다.

"군이 나랑 안 해도 돼. 친한 친구랑 하는 편이 더 좋지 않아?"

“그건 그런데… 케이가 거절했어. 이미 다른 애랑 하기로 했대.”

“뭐?”

카자미는 멋쩍게 웃으며 나에게 사실대로 털어놓았다.

“초등학교 때부터 같이 다녔는데, 역시 반이 달라지니까 사이가 좀 멀어지는 거 같아. 뭐, 어쩔 수 없지.”

카자미가 입꼬리를 살짝 올리며 미소 지었다. 어쩔 수 없는 일이라는 걸 머리로는 이해하면서도 마음은 그렇지 않다고 말하는 듯한 씁쓸한 미소였다.

“…그랬구나.”

체육처럼 다른 반과 함께 수업할 때도 있지만 대부분의 수업은 반별로 진행된다. 아무리 옆 반이라도 같은 반에 친한 친구가 늘면서 관계가 변해가는 건 어쩌면 당연한 일이다. 새로 사귄 친구를 우선시하는 것도 슬프지만 어쩔 수 없는 일이다.

“그렇다고 네가 같이 할 사람이 없을 것 같아서 같이 하자고 한 건 아니야.”

“그래?”

카자미가 허둥대는 모습을 보고 나는 씁쓸하게 웃었다.

"아직 그렇게 친한 친구가 별로 없는 건 사실이니까…."

"그건 그렇지만, 그것 때문은 아니야. 그러니까 난… 전부
터 너랑 얘기해보고 싶었어. 그래서 말해본 거야."

"나랑?"

"응."

그게 사실이라면 다행이지만….

"나랑 하기 싫어?"

"아니. 그게 아니라 왜 나랑 하려는지 궁금해서."

나도 모르게 또다시 씁쓸한 미소가 흘러나왔다. 사정을 알
았으니, 굳이 이상한 변명을 하지 않아도 기꺼이 같이 하자
고 했을 텐데….

"…오비히로에 친척이 있어."

카자미는 잠시 주저하더니 빰을 붉게 물들이곤 말했다.

"한번은 그 친척 집에 놀러 가서 어떤 축제 같은 델 갔는
데, 우리랑 동갑인 여자아이가 멋지게 피아노를 치는 거야!"

"아, 혹시…."

"응. 진짜 멋있었어. 나도 피아노를 배우고 싶어질 정도로.
그래서 돌아오는 생일에 전자피아노를 선물 받았어. 건반에
불빛 들어오는 거 있잖아. 결국 지금은 하나도 못 치지만."

카자미가 수줍게 웃었다.

"네가 전학 온 날 바로 알았어. 그때 피아노를 쳤던 아이구나! 하고."

어렸을 때 일이고 솔직히 어떤 축제였는지 생각도 안 났다. 피아노를 칠 수 있던 시절의 이야기를 들으니 가슴이 저릿했다. 그러면서도 한편으로는 그렇게 멋진 모습으로 날 기억하는 사람이 있다는 사실이 너무나 기뻤다.

기쁜 만큼 부끄럽기도 했지만.

"그랬구나…. 빨리 말해줬으면 좋았을 텐데."

"외국에서 살기도 하고, TV에도 나왔다는 얘기도 들었거든…. 그런 사람한테 말을 걸면 싫어할 것 같았어."

"그럴 리가! 유학은 엄마랑 선생님 뜻에 따라 마지못해 간 거였어. TV 출연은 아주 어렸을 때, 진짜 아무것도 모를 때 어른들이 하라는 대로 했을 뿐이고."

어쩌면 내 손도 마음에 걸렸을 것이다. 지금도 카자미는 붕대 감은 내 왼손을 보고 있었다.

"정말… 괜찮아?"

"응. 사실 나도 댄스 발표를 누구랑 할지 고민하고 있었어. 마지막에 남은 아이랑 해야 하나 싶었거든. 그러니까 나도 너랑 같이 하면 좋겠어!"

나도 카자미랑 같이 댄스 발표를 하고 싶었다.

"정말? 그럼 지금 시간 괜찮아? 근처 카페에 가서 잠깐 얘기할래?"

"응?"

"볼일 있어? 난 이 책만 돌려주면 되거든."

갑작스러운 제안에 놀라긴 했지만 나도 카자미와 좀 더 이야기하고 싶었다. 댄스 이야기뿐만 아니라 다른 이야기도.

"나도 괜찮아. 같이 얘기하러 가자. 조금 멀어도….”

"어디로 갈까? 너도 자전거 타고 왔어? 아리오 쇼핑몰에 있는 푸드코트로 갈까? 맥도날드랑 미스터도넛도 있고.”

'조금 멀어도 괜찮으면 타셋에 갈래?' 하고 말하려 했지만, 카자미가 신나게 말을 쏟아내는 바람에 결국 그 말은 꺼내지 못했다.

"응, 그러자."

게다가 타셋은 커피 한 잔에 오백 엔은 한다. 반 친구를 데려가서 나 혼자만 얻어 마시기도 미안하니, 가능하면 부담이 적은 곳으로 가는 편이 좋을 것 같았다. 쇠뿔도 단김에 빼랬다고, 카자미와 나는 서둘러 책을 반납하고 도서관을 나왔

다. 햇살이 눈부셨다. 아직 유월인데 바깥은 벌써 한여름의
들뜬 공기로 가득 채워져 있었다.

$$2$$

우리는 시청 근처 대형 쇼핑몰에 도착해 소란스러운 이층 푸드코트에 자리를 잡았다. 그리고 오후 세 시 부렵의 출출함을 달래기 위해 조금 묵직한 햄버거 세트를 시켰다. 평일 오후라 엄마와 함께 온 아이들 손님이 많아 활기가 넘쳤다. 줄을 서서 산 감자튀김은 방금 튀겨서 바삭바삭했고 혀가 얼얼할 만큼 뜨겁고 맛있었다. 이렇게 맛있는 감자튀김은 처음이었다. 땀을 흘려서일까? 어쩌면 반 친구와 푸드코트에 함께 있어서인지도 모른다. 음료수는 커피가 아니라 오렌지주스를 시켰다. 부드러운 목 넘김과 새콤달콤한 맛이 좋았다.

역시 타셋에 있을 때는 내가 어른인 척 굴었다는 걸 새삼 깨달았다.

카자미는 정말로 나에게 궁금한 게 많았는지 아까부터 계속 질문을 펴부어댔다. 그 점이 왠지 모르게 기분 좋았다.

"영국으로 유학 갔었지? 그럼 영어 진짜 잘하겠다!"

"아니, 사실 일상 회화도 자신 없어. 기숙사에서 살았는데 도와주는 일본인 직원이 있어서 곤란할 땐 일본어로 말해도 됐거든. 그래서 배운 건 음악 용어가 거의 다야."

수업에서 사용하지 않는 말은 잘 모르고, 영어로 대화를 나눴다기보다는 손짓발짓으로 간신히 통했다고 하는 게 정확할지도 모른다. 이런 얘길 하자 카자미는 날 놀리기는커녕 눈을 반짝이며 신기해했다.

"오, 정말? 그러니까 오히려 진짜 외국에서 살았다는 게 실감 난다!"

내 말에 귀를 기울이고 칭찬도 아낌없이 건네던 카자미는 눈부시다는 듯 나를 바라보며 손뼉을 쳤다. 난 부끄러워 살짝 고개를 숙였지만, 카자미의 밝은 모습에 조금씩 긴장이 풀렸다.

"그래봤자 매일 피아노만 쳤는걸."

"역시 음악에는 국경이 없는 건가?"

"뭐, 그렇지도 않아. 특히 피아노는 타고난 체격도 중요하거든. 난 몸집이 작고 손가락도 짧아서 칠 수 있는 곡이 많지 않았어. 쇼팽 곡 중에 옥타브가 계속 이어지는 부분은 진짜 온몸으로 연주해야 해서 완전히 녹초가 되곤 했고."

"그렇구나, 전신운동이나 마찬가지인가? 너는 확실히 작고 귀여운 쪽이긴 하지."

작다는 것. 그게 신이 나에게 심술을 부린 것 중 하나다. 아무리 열심히 해도 몸은 바꿀 수 없으니까. 성장기에 키와 손발이 커지면서 칠 수 있는 곡이 늘어나는 아이들을 난 언제까지고 부러운 눈으로 쳐다만 봐야 했다.

"그리고 표현력이라든가 감정 같은…. 나다운 뭔가가 필요하달까."

"개성 같은 거 말이야?"

"응. 그래서 '네 연주는 너무 무미건조해. 부끄러워하지 말고 치고 싶은 대로 쳐 봐!' 맨날 이런 말만 들었어."

그건 유학 갔을 때 가장 답답했던 부분이었다. 그저 악보에 따라 잘 치기만 하는 게 아니라 잘 표현하는 것. 그게 가장 어려웠다.

“어른들은 자기 표현을 중요시하는 외국에 가서 생활하면 나도 감정 표현이 풍부해질 거라고 생각했나봐. 그런데 사는 곳을 바꾼다고 간단히 바꿀 수 있는 거라면 누가 그 고생을 하겠어.”

그냥 말로도 표현하기 어려운데.

“왠지 알 것 같아. 나도 표현하는 걸 좀 부끄러워하는 편이거든.”

“그렇구나. 그리고 나한테 막 ‘넌 사랑해본 적도 없어?’ 그랬다니깐. 난 그때 아직 초등학교 5, 6학년밖에 안 됐는데 내가 사랑을 어떻게 알겠어? 안 그래?”

내가 얼굴을 찌푸리며 투덜대자 카자미가 눈을 살짝 동그랗게 떴다.

“어, 없어?”

“응?”

“진짜 없어?”

서로 멍하니 쳐다만 봤다.

“…반 친구나 유치원 친구라도 좋아해본 적 없어?”

“음…. 아마, 없었던 거 같아….”

내 목소리가 점점 기어들어 갔다.

"진짜…?"

순간 어색한 침묵이 흘렀다. 그러다 카자미가 갑자기 깔깔거리며 웃음을 터트렸다.

"없으면 어쩔 수 없지. 사랑은 하고 싶다고 해서 할 수 있는 게 아니니까!"

"그럼 넌 있어?"

"있지. 너무 많지. 난 금방 사랑에 빠지는 스타일이라 잠깐만 이야기를 나눠도 순식간에 좋아하게 돼."

"베토벤처럼?"

"베토벤이 사랑에 잘 빠졌어? 오, 역시 〈운명 교향곡〉의 남자답네."

"응. 귀족 딸을 상대로 피아노 레슨을 했는데 그때마다 사랑에 빠지곤 했대."

그렇게 많은 사랑을 하며 수많은 명곡이 탄생한 거라면 역시 사랑은 꼭 필요한 것인지도 모른다.

"학생한테는 최악의 선생님 아니야?"

카자미는 그렇게 말하며 웃어넘겼지만.

"그럼 혹시 미사키는 좋아한 선생님 없었어?"

"응. 일본에서는 여자 선생님뿐이었고 영국 선생님은 다

무서웠어."

초등학생인 나에게 말도 잘 통하지 않는 덩치 큰 선생님들은 위압적으로 느껴졌다.

"그랬구나."

카자미는 내 마음을 알아주는 것 같았다. 하지만 어쩌면 다른 사람들은 조금 더 쉽게 사랑에 빠지는지도 모른다.

"하긴 사랑 같은 건 머리로 하는 게 아니잖아. 사고와 같달까. 그야말로 운명 같은 거 아닐까?"

"그런가?"

카자미는 풀이 죽은 날 위로했다.

"응. 그렇다니까. 실제로 좋아하는 사람을 만나면 순식간에 사랑에 빠지게 될 거야. 아마 하늘을 둥둥 떠다니는 기분일걸."

"정말?"

"응. 사랑에 빠지는 건 한순간이거든. 기분 좋게 날아오르다가 순식간에 푹 빠지게 돼. 마치 추락하는 것처럼."

카자미의 설명을 들어도 잘 모르겠다는 생각이 들었다.

"사람을 좋아하게 되는 데 이유 같은 건 없어. 이유는 나중에 갖다 붙이기 나름이거든. 좋아하는 마음이 생기고 심장이 두근거리기 시작하면 그땐 이미 어쩔 수 없을 거야. 난 음악 방송 보다가 아이돌이 카메라로 보내는 눈빛 하나에도 반하는걸!”

“TV를 보다가?”

“상대방과 마주하고 눈을 바라보며 목소리를 듣다 보면 좋아지는 순간이 있어. 그게 아주 잠깐이라도 말이야.”

“그렇게 쉽게?”

“응, 맞아. 그러니까 나랑 베토벤을 우습게 보지 말라고.”

“네가 베토벤보다 더 대단한 거 아니야?”

내가 웃음을 터트리자 카자미도 깔깔거리며 웃어댔다.

좋아하는 데 이유는 없다. 어쩌면 그건 사랑뿐만 아니라 우정도 마찬가지 아닐까? 난 어느새 카자미가 부척이나 좋아졌다. 하지만 아마 오늘의 우연한 만남 하나로 시작된 건 아닐 것이다. 처음부터 왠지 느낌이 좋아서 이름도 친구 관계도 알고 있었고, 댄스 발표도 같이하고 싶었다. 좋아하는 음악이나 책처럼 좋아하는 이유를 대라면 댈 수 있다. 하지만 내 마음은 이미 처음 봤을 때부터 움직이고 있었다. 카자미도 그러지 않았을까.

좋아한다고 마음으로 소리쳤다. 카자미와 친구가 되고 싶었다. 카자미가 웃는다. '시' 음으로. 약간 두텁고 진한 눈썹, 또렷한 입매, 나보다 긴 목과 기다란 손가락, 테가 굵은 안경에 찰랑거리는 검은 머리칼까지 모든 게 귀여워 보였다. 난 카자미의 눈을 똑바로 바라봤다. 카자미도 날 마주 봤다. 그녀의 눈동자는 조금 밝은 갈색이었다. 가슴이 찌릿했다. 사실이었다. 정말로 좋아하는 데 이유 같은 건 없었다.

"베토벤이 뭐라고?"

그때 우리의 웃음소리 사이로 남자아이 목소리가 비집고 들어왔다. 고개를 들자, 낯설지만 어디선가 본 듯한 인상의 남자아이가 서 있었다. 카자미가 인상을 찌푸렸다.

"뭐야, 너! 왜 왔어?"

"서점에 가려는데 아는 얼굴이 있길래 와 봤지. 오늘 저녁 메뉴는 고향사랑기부금 답례품으로 받은 특등급 소고기 전골이라던데, 너 지금 뭐 먹고 있냐?"

"뭐? 정말?"

미간을 찌푸린 카자미는 그렇게 말하면서도 감자튀김으로 향하는 손을 멈추지 않았다.

"와, 그래도 계속 먹네?"

228

그는 카자미의 관자놀이를 손가락으로 가볍게 톡 쳤다.

"아, 우리 오빠야. 일단은."

내가 두 사람의 모습을 멍하니 바라보자 카자미가 남자아이를 가리키며 말했다.

"일단은."

남자아이도 말했다.

"일단은?"

"응. 우린 제왕절개로 태어나서 거의 동시에 나왔거든. 오빠도 여동생도 아닌 거지 뭐."

"아, 그런 의미구나."

"응, 맞아. 아무튼 일단은 쌍둥이 오빠 류타야."

류타는 "반가워" 하곤 비어 있던 카자미 옆자리에 앉았다.

"여긴 왜 앉아?"

"여동생이 소고기 전골을 앞에 두고 울까 봐?"

류타는 카자미의 감자튀김으로 손을 뻗었다.

"뭐? 감자튀김값은 내고 먹어라."

카자미는 못마땅하다는 듯 입술을 삐죽 내밀었지만 먹지 말라는 말은 하지 않았다.

"너는 왜 여기서 햄버거를 먹고 있는데?"

"음, 굳이 설명하자면 창작 댄스 회의라고나 할까?"

카자미가 나를 향해 말해서 나도 덩달아 고개를 끄덕였다. 정확히 말하면 아직 거기까지 진도가 나가지 않았지만.

"창작 댄스? 쓰키코, 너 몸치잖아. 뭐, 춤만 못 추는 건 아니지만. 대신 얘는 미술에 모든 걸 갈아 넣었거든."

"야, 자기는 흘낏 봐도 정신 이상해질 것 같은 그림만 그리면서."

"난 미술 빼고 다른 과목은 우수하니까 괜찮아!"

나란히 앉아 있는 둘은 쌍둥이라곤 해도 생김새는 달랐다. 성격도 잘하는 것도 다른 것 같았다. 그런데도 느낌은 비슷했다. 왜 그럴까 궁금해서 두 사람을 가만히 지켜보다가 깨달았다. 둘은 알게 모르게 움직임이 비슷했다. 이야기를 주고받는 리듬감도 비슷했다. 둘 다 왼쪽 팔꿈치를 테이블에 대고 감자튀김을 한 손에 든 채 대화를 나누는데 4분의 3박자 왈츠 리듬을 타는 것 같았다. 그게 점점 편안하게 느껴져 이대로 계속 두 사람의 대화를 듣고 싶었다.

"그럼 류타 네가 안무 좀 짜줄래? 너 이런 거 잘하잖아."

"그래? 뭐 재밌을 것 같긴 한데. 그래도 돼?"

류타가 카자미가 아니라 나에게 물었다. 허락이라도 받으려는 듯이. 둘이 이야기 나누는 모습에 푹 빠져 있던 나는 불시에 시선을 보내온 류타와 눈이 마주쳤다.

순간, 심장이 두근댔다. 순식간에 푹 빠진다는 그 말이 이해되는 순간이었다. 류타의 눈동자는 카자미와 같은 밝은 갈색이었다. 자세히 보니 둘은 눈매도 무척 닮았고 속눈썹도 길었다.

"안무, 내가 짜줘도 괜찮아?"

기대 어린 눈빛으로 나를 바라보는 류타 앞에서 나는 끝내 제대로 대답할 수 없었다. 그저 고개만 끄덕일 뿐이었다. 고개를 너무 세게, 너무 여러 번 끄덕인 탓일까. 약간 어지러웠다. 몸에서 열이 확 올랐고 심장이 제멋대로 뛰었고 귀까지 뜨겁게 달아올랐다.

류타는 우리와 같은 중학교가 아니라, 시험을 치르고 중고등 통합학교로 진학했다고 했다. 공부는 물론이고 축구부 에이스인 데다 다른 운동도 꽤 잘하는 모양이었다. 어렸을 때부터 뭐든 잘했다며 카자미가 자랑스럽게 말했다.

"대신에 쓰키코는 그림을 잘 그리잖아. 얘는 어릴 때부터 대회에서 상도 많이 받고 좋아하는 것에 관한 기억력은 진짜 놀라울 정도야.”

서로를 칭찬하는 두 사람이 조금 놀라웠다. 나는 여동생이 잘하는 게 뭔지 칭찬할 만한 부분이 어떤 게 있는지 하나도 모른다.

만약 누가 봐도 잘난 오빠가 있다면 나도 카자미처럼 그걸 기쁘게 말할 수 있을까? 질투하지 않고, 속상해하지 않을 수 있을까? 두 사람은 달랐다. 쌍둥이라서 그런 걸까. 아니면 카자미가 워낙 칭찬을 잘해서? 그것도 아니면, 그저 둘의 성격이 좋은 걸까? 어쩌면 이 모든 게 겹쳐져 만들어진 관계일지도 모른다.

“미사키는 피아노를 잘 치잖아. 지금은 쉬고 있지만.”

카자미가 갑자기 내 이야길 꺼냈다.

“어? 응.”

평생 쉬게 될지, 다시 시작하게 될지 모르지만.

“피아노?”

내가 어정쩡하게 고개를 끄덕이자 류타가 물었다.

“응. 미사키는 지금은 다쳐서 쉬고 있지만, 왜 있잖아. 옛날에 오비히로에서 여름 축제 때 〈네버엔딩 스토리〉를 연주했던 아이! 그 애가 바로 미사키야.”

“뭐? 아, 그 재즈풍 연주?”

“아….”

둘의 이야기를 듣다 보니 그제야 떠올랐다.

오비히로의 아케이드 거리에서 열린 축제 때였다. 원래 나는 클래식 곡을 연주할 예정이었다. 그런데 공연 날짜가 임박했을 때 갑자기 공연 프로그램이 유명한 영화음악으로 변경된 탓에 모르는 곡을 여러 개 외워야 해서 기분이 썩 좋지 않았다. 게다가 공연 당일 하늘은 금방이라도 비가 쏟아질 듯 흐려서 애써 외운 곡이 무용지물이 될지도 모르는 상황이었다.

여동생은 엄마와 축제를 즐겼다. 경품 제비뽑기도 하고 솜사탕도 얻어먹었다. 하지만 나에게 주어진 건 차갑게 식어 굳어버린 야키소바와 닭꼬치가 전부였다. 알지도 못하는 어른들 틈에 끼어, 입에 안 맞는 우롱차와 함께 그 음식들을 꾸역꾸역 삼켜야 했다. 그때 내 기분은 정말이지 최악 중의 최악이었다. 그래서 공연 때 엄마와 한 약속을 깼다. 엄마는 온화하고 밝은 분위기로 치라고 했지만 난 자포자기하듯 거칠게, 재즈풍으로 쳤다. 지금 생각하면 형편없는 연주였다. 하지만 이상하게도 그런 내 연주를 들은 관객들의 반응은 뜨거웠다. 연주를 이어갈수록 내 기분도 점점 좋아졌다. 그 연주회의 마지막 곡은 옛날 영화 〈네버엔딩 스토리〉에 나온 곡이었다. 그 후로 한 번도 연주하지 않았지만 돌이켜보면 싫어하는 곡은 아니었다. 마지막 곡이라고 생각하니 왠지 이상하게 아쉽고 계속해서 연주하고 싶었다.

연주를 마치고 박수갈채 속에서 무대를 내려올 땐 벅찬 성취감을 느꼈다. 나는 그 순간을 지금도 선명하게 기억한다. 하지만 엄마는 엄마 말대로 연주하지 않았다며 크게 화를 냈다. 나는 그게 너무 억울해서 그날의 연주를 통째로 마음속에서 억지로 밀어냈다.

쌍둥이는 그날의 연주가 정말 대단했다며 흥분해서 떠들어댔다. 제멋대로였던 그날의 연주를 지금까지 기억해주고 이렇게 좋아해주는 사람이 있다는 사실에 눈시울이 뜨거워졌다. 아아, 조금만 더 일찍 알았다면 난 지금 다른 모습을 하고 있을까. 하지만 이런 말을 하기엔 모든 게 늦어버렸다.

그 후 셋이서 무슨 이야기를 나눴는지 잘 기억나지 않는다.

내 표정이 살짝 어두워진 걸 바로 알아차린 카자미가 피아노 말고 다른 이야기를 꺼냈다. 덕분에 우리 셋은 한참 동안 웃고 떠들어댔다. 그리고 내 마음은 줄곧 붕 떠 있는 것 같았다. 난 카자미가 좋았다.

집으로 돌아갈 무렵, 우린 더없이 친한 사이가 됐다. '미사키'와 '카자미'가 아니라 '히마리'와 '쓰키코'라고 친근하게 부를 정도로. 눈이 마주칠 때마다 웃어주는 류타에게는 수줍음과는 조금 다른 감정이 피어올랐다. 그렇게 눈 깜짝할 사이에 집에 갈 시간이 다가왔다. 가게 앞에서 두 사람과 헤어진 나는 마치 구름 위에서 자전거를 타고 달리는 것처럼 붕 뜬 기분으로 집에 왔다. 가슴이 벅차 저녁밥을 다 먹기 힘들었다. 감자튀김 때문만은 아니었다.

씻고 나서 거울을 보니, 나는 괜히 피식 웃으며 이상한 표정을 짓고 있었다. 이 감정에 뭐라 이름을 붙이면 좋을까. 어렴풋이 알 것도 같았다. 알고 있었지만 그걸 소리 내 말하기 무섭기도 하고 부끄럽기도 했다. 이런 기분은 처음이었다. 이게 정말 내가 생각하는 그 감정이 맞는지, 아니면 금세 사라질 감정인지 알 수 없었다. 하지만 가슴은 뜨거웠다.

3

어젯밤에는 그렇게나 기쁘고 들떴었는데 아침에 일어나니 학교에 가기 무서웠다. 어제 일은 모두 꿈이고 오늘 학교에 가면 나는 여전히 혼자일지도 모른다는 생각이 떠나질 않았다. 쓰키코는 옆 반 친구 케이와 다시 사이가 좋아져 이제 나 같은 건 필요 없을지도 모른다. 그런 생각들이 내 발걸음을 더디게 만들었다. 엄마에게 몸이 안 좋다고 말해보았지만 열이 없다며 대수롭지 않게 여겼다. 꾀병이니 당연했다. 어쩔 수 없이 무거운 발걸음으로 느릿느릿 학교로 향했다. 내 시간만 멈추어 버리면 좋을 텐데….

우울하던 마음은 건물 입구에서 실내화를 갈아신고 있던 쓰키코의 환한 미소를 본 순간, 순식간에 날아갔다. 쓰키코는 들뜬 목소리로 소리치더니 실내화를 제대로 신지도 않은 채 한 발로 뛰어왔다. 난 황급히 그녀에게 달려갔다.

"안녕! 쓰키코, 위험해."

"하하하, 안녕! 히마리."

넘어져서 다치면 어쩌려고! 쓰키코는 어제와 다름없이 쓰키코였다. 안도와 기쁨이 한꺼번에 밀려와 양 볼이 붉게 물들었다. 아침에 인사하는 순간부터 쉬는 시간, 교실 이동, 점심시간, 방과 후까지. 지금까지의 나는 그저 무리에 섞여 있는 양처럼, 누군가의 곁에 어정쩡하게 머물렀을 뿐이었다. 하지만 오늘은 내내 쓰키코와 함께였다. 나에게만 말을 걸고 나만을 기다려주는 사람은 쓰키코가 처음인지도 모른다. 내가 있을 곳이 아니라고 생각했던 학교가 갑자기 반짝거리기 시작했다.

나처럼 쓰키코도 낯가림이 조금 있는 듯했고 반에서 눈에 띄고 싶어 하지 않는 것 같았다. 하지만 좋아하는 마음을 감추지 않고 온몸으로 표현했다. 나를 좋아하는 마음도.

학교에서만 같이 있는 시간으로는 턱없이 부족했다. 방과 후에도 함께 시간을 보냈고 매일 밤 잠들기 전에도 SNS로 연락을 주고받았다.

쓰키코는 전화하면 항상 벨이 세 번 울리기 전에 받았다.

"무슨 일이야?"

전화를 급히 받았는지 약간 가쁜 숨소리가 들려왔다. 난 기쁨에 들뜬 쓰키코의 목소리가 듣고 싶어서 매일 밤 전화하게 됐다. 내가 전화하지 않아도 쓰키코가 먼저 전화하기도 했다. 우리는 아주 오랜 친구처럼 마음이 잘 통했다. 같은 타이밍에 웃었고 같은 춤동작에서 틀렸다. 류타는 우리를 위해 창작 댄스 안무를 짜주었다. 방과 후 셋이서 멀티 노래방에 모여 태블릿을 보면서 춤 연습을 했다. 그런 하루하루가 눈 깜짝할 사이에 지나가고 타셋에 가지 않은 지도 어느새 이 주가 다 되어가고 있었다.

함께하는 시간은 즐거웠지만 현실은 냉혹했다. 댄스 발표는 다음 주였다. 이제 정말 얼마 남지 않았는데 우리의 댄스는 여전히 형편없는 수준이었다. 간신히 안무는 외웠지만 음악에 맞춰 춤을 추다 보면 매번 중간에 엉망이 되고 말았다. 끝까지 실수 없이 마무리한 적이 한 번도 없었다. 게다가 나와 쓰키코는 체력이 약해서 금방 지쳤다. 그러다 보니 연습

시간보다 휴식 시간이 긴 날도 많았다.

"우리 어떡해? 아무리 해도 안 될 것 같아."

쓰키코가 숨을 헉헉거리면서 멜론 소다를 한 모금 마셨다.

"응, 진짜 안 될 것 같아."

나도 노래방 소파에 힘없이 주저앉았다.

"둘 다 조금만 더 하면 될 것 같은데."

류타가 미안한 표정으로 말했다.

"얼마 전까지만 해도 댄스 수업 같은 건 없었다던데 도대체 어쩌다 생긴 거야? 그냥 영원히 없었으면 좋았을 텐데."

쓰키코의 푸념에 백 퍼센트 동의했다.

"이제라도 좋으니까 없어지면 얼마나 좋을까."

"내 말이. 진짜 세상은 잘나가는 사람들 위주로만 굴러가는 것 같아."

아무래도 둘 다 춤과는 거리가 멀다 보니 불평이 멈추질 않았다.

"아, 더는 못하겠어. 류타, 음료수 좀 리필해줘."

쓰키코가 다 비운 드링크바 유리컵을 흔들며 류타에게 부탁했다.

"네네…. 히마리도 리필해줄까?"

쓰키코의 컵을 받아 든 류타가 나에게도 물었다.

"난 괜찮아. 내가 가지러 갈게."

"가는 길이니까 갖다줄게. 뭐 마실래? 오렌지주스?"

"아니. 이번에는 따뜻한 걸로 마실래."

몸을 움직이다 보니 자꾸 차가운 것만 마셔서 배탈이라도 날까 봐 걱정됐다.

"뭐 마실래? 코코아? 옥수수수프?"

"음, 달콤한 건 너무 많이 마셔서 따뜻한 카페오레나 마실까 봐."

"카페오레?"

내 말에 놀란 류타가 큰 목소리로 물었다.

"왜?"

"아니, 쓰키코는 마셔 봤자 커피우유 정도거든. 커피라고 하니까 좀 새로워서."

나도 타셋에 가기 전에는 커피우유나 두유맥아커피 정도밖에 마시지 않았다.

"자주 가는 카페가 있거든. 커피 전문점 같은 곳인데 모에레누마 공원 근처에 있어. 저녁 무렵에 카페 창가에서 유리 피라미드를 바라보면 노을에 물든 모습이 정말 멋져."

“모에레누마 근처에 그런 곳이 있어? 가보고 싶다.”

류타가 그렇게 말해줘서 기뻤다.

“아, 그런데 카페에 손님을 맞이해주는 커다란 개가 있어. 괜찮아?”

“정말? 가보고 싶다!”

커다란 개라는 말을 듣고 갑자기 쓰키코가 몸을 앞으로 기울였다.

“골든 리트리버인데 이름은 모카라고 해. 얼마나 착한지 몰라. 다음에 꼭 같이 가자.”

두 사람을 하야리 씨와 히구레 씨에게 소개할 수 있다면 정말 좋겠다.

“쓰키코, 강아지 좋아해?”

“응. 골든 리트리버라면 더 좋아. 꼭 푸후루 같잖아. 어렸을 때부터 키우고 싶었는데 엄마가 알레르기가 있어서 못 키우거든.”

쓰키코가 정말 아쉽다는 듯 말했다.

“푸후루?”

“응. 행운의 용인데 영화에선 팔코라고 불러. 근데 푸후루가 더 귀엽지?”

"영화?"

류타가 어리둥절해하는 나에게 설명해주었다.

"아, 미하엘 엔데의《끝없는 이야기》에 나오는 행운의 용이야. 영화에선 강아지처럼 생겼거든."

"맞아! 하얀 강아지처럼 생긴 복슬복슬한 용이 나와. 몸은 우파루파 같지만."

"강아지처럼 생긴 우파루파?"

들을수록 무슨 말인지 이해가 안 갔다. 잘 모르겠다는 표정의 날 보고는 답답했는지 류타가 잠깐 기다리라며 태블릿을 가져왔다.

"어, 여기 있다."

류타는 인터넷에서 찾은 이미지를 보여주었다. 하얀 귀를 늘어트린 인형 같은 생명체가 화면을 채우고 있었다. 어딘가 모르게 모카랑 닮은 것 같기도 했다. 하지만 그것만 봐서는 확 와닿지 않았다.

"귀엽지?"

"어…. 그, 그러네."

뜨뜻미지근한 내 대답에 류타가 입꼬리만 살짝 올렸다.

"영화가 일본에서 1985년에 개봉했으니까 지금처럼 진짜 같은 CG가 아니라 좀 어설프긴 하지.”

쓰키코와 류타가 잘 안다는 사실이 놀라울 정도로 오래된 영화였다.

“아… 맞다! 잠깐 기다려 봐. 여기, 외부 음식 가지고 와도 되지?”

감탄하는 날 보며 쓰키코가 진지한 표정으로 물었다.

“외부 음식? 아마 될걸.”

“그럼 잠깐 요 앞 편의점에 갔다 올 테니까 류타는 OTT에 영화 있나 찾아보고 있어.”

류타는 척척 지시하고 나가는 쓰키코에게 고개를 끄덕여 보이고는 다시 태블릿을 만지기 시작했다. 난 뭘 하면 좋을지 몰라 난감해하다가 결국 드링크바에 가서 나와 류타가 마실 카페오레를 가지고 돌아왔다.

“고마워.”

노래방 드링크바의 뜨거운 음료용 잔은 손잡이가 조금 작았다. 류타에게 잔을 건넬 때 손이 스쳤다.

그 순간 깨달았다. 지금 류타와 나 단둘이라는 것을. 갑자기 긴장감이 밀려왔다. 무슨 얘길 하면 좋을지 몰라 머릿속이 하얘졌다. 무슨 말이든 해야 할 것 같았지만 그 뭔가가 떠오르지 않았다.

류타는 태블릿에 집중하고 있는 것 같았다. 내가 말을 걸면 아무래도 방해가 될까 봐 그냥 조용히 있었다. 고개 숙인 류타의 얼굴을 바라봤다. 그의 속눈썹은 나보다 길었다. 쓰키코도 그렇지만 류타는 손이 컸다. 손가락도 길었다. 류타라면 나보다 많은 곡을 칠 수 있을 것이다. 왠지 모르게 감정도 나보다 훨씬 더 풍부할 것 같았다.

"…류타는 사랑해본 적 있어?"

불쑥 질문이 튀어나왔다. 놀랐는지 류타가 고개를 들고는 되물었다.

"어? 사랑?"

류타의 물음에 내 볼이 화르르 달아올랐다. 내, 내가 도대체 무슨 말을 한 거야?

"음, 그러니까…."

류타가 뭔가 말하려는데 내가 말을 끊었다.

"미, 미안. 아무것도 아니야."

"어? 어."

류타는 그런 날 놀리지 않았다. 그저 무슨 말을 해야 할지 모르는 사람처럼 얼굴을 붉히며 고개를 숙였다. 결국 우린 둘 다 얼굴을 붉힌 채 고개를 숙였고 다시 침묵이 흘렀다. 조금 전보다 훨씬 더 어색한 침묵이. 류타는 태블릿을 열심히 만지는 척했지만, 사실은 쓸데없이 화면을 위아래로 넘기고 있을 뿐인 듯했다. 난 아무렇지도 않은 척 카페오레만 홀짝였다. 그렇게 몇 분이 지나고 류타가 더는 어색함을 참지 못하겠는지 가볍게 헛기침했다.

"쓰, 쓰키코가 늦네."

"그러게, 요 앞 편의점에 간다고 했는데 왜 이렇게 늦지?"

"아마 사과가 없어서 그럴 거야."

"사과?"

"응, 사과."

갑자기 웬 사과인가 싶어 혼란스러워하는 나에게 류타가 설명하려는 순간, 드르륵, 탁! 하고 요란한 소리를 내며 쓰키코가 돌아왔다. 나와 류타는 저도 모르게 안도의 한숨을 내쉬었다.

"왜 이렇게 늦었어?"

"미안, 미안. 사과가 없어서."

"역시 그랬구나."

둘의 대화를 듣고 어리둥절해하는 나에게 쓰키코가 편의

점에서 사 온 샌드위치와 사과를 내밀었다.

"이걸 사러 간 거야?"

"응! 〈네버엔딩 스토리〉는 샌드위치랑 사과가 없으면 안 되거든."

쓰키코가 싱긋 웃으며 대답했다.

"그리고 또 날달걀을 넣은 오렌지주스!"

"뭐?"

흠칫 놀라는 날 보고는 말을 꺼낸 류타가 웃었다. 다행이다. 쓰키코가 돌아오자 우리 사이도 전처럼 자연스러워졌다.

"괜찮아. 날달걀 오렌지주스는 아빠 담당이니까. 그보다 영화 찾았어?"

류타는 손가락으로 오케이 사인을 보냈다.

"좋았어! 그럼 오늘은 히마리에게 〈네버엔딩 스토리〉를 포교하기로 하자!"

쓰키코는 테이블 위에 태블릿을 세웠다. 뭐가 뭔지 어리둥절한 채, 거의 반강제로 영화 감상회가 시작됐다.

"아…."

영화가 시작하고 바로 알았다. 그래, 그날 난 여름 축제에서 이 영화에 나온 곡을 연주했지.

“…그래서 같이 보자고 한 거야?”

놀라서 두 사람을 보니 쓰키코가 장난스러운 미소를 지어 보였다.

“그런 것도 있고… 이 영화는 우리 아빠 엄마에게 사랑의 큐피드거든. 아빠랑 엄마 둘 다 이 영화를 좋아한 걸 계기로 사귀게 됐대.”

사랑의 큐피드. 그 말에 나도 모르게 류타를 봤다. 류타도 나와 눈이 마주치곤 또다시 볼이 붉어졌다. 난 당황해서 영화로 고개를 돌렸다.

〈네버엔딩 스토리〉는 미하엘 엔데의 《끝없는 이야기》가 원작인 영화다. 원작과 다른 부분도 꽤 있지만 둘은 그래도 이 영화를 좋아한다고 한다. 요즘 같은 CG가 아닌 옛날식 특수효과를 사용한 영화가 한눈에 봐도 촌스러워 보였지만, 어느새 난 그 세계에 푹 빠져들었다.

따돌림당하던 소년 바스티안은 어느 날 책 한 권을 손에 넣는다. 그 책은 신비로운 생물들이 살아가는 환상의 세계 ‘판타지아’에 무시무시한 ‘무無’라 불리는 재앙, 혹은 재난이 덮쳐온다는 내용을 담고 있었다. 모든 것을 지워버리는 ‘무’

로부터 세상을 구하기 위해 앞에 나선 자는 바로 아트레유였다. 그는 바스티안과 비슷한 또래였지만 용감한 전사였다. 바스티안은 학교의 비밀 다락방에서 담요를 뒤집어쓴 채 샌드위치와 사과를 먹으면서 아트레유의 모험을 지켜본다.

우리도 샌드위치와 사과를 손에 들고, 두 소년의 모험을 지켜봤다. 힘겨운 여정 끝에 세상은 한순간에 한 알의 모래로 변하고 만다. 그런데도 아트레유와 바스티안은 판타지아와 어린 여왕을 구하게 된다.

'시작은 항상 어두운 거야.'

어린 여왕의 대사에 내 세상도 얼마 전까지만 해도 어두웠다는 사실이 떠올랐다. 하지만 지금은 더없이 밝았다.

영화가 끝났을 때 내 두 눈에, 그리고 이 영화를 몇 번이나 봤을 쓰키코의 두 눈에, 눈물이 고여 있었다. 몰입감이 엄청나서 눈앞이 어지러울 정도였다.

"어때? 푸후루 귀엽지?"

"응. 너무너무 귀여워."

강아지처럼 복슬복슬하고 몸은 우파루파처럼 생긴 용. 처음에는 상상이 안 가서 그게 귀여울까 싶었지만, 영화에 나온 용은 정말이지 다정하고 사랑스러웠다. 그 표현이야말로 아주 절묘한 표현이었다. 푸후루 아니 팔코는 두 소년에게 힘이 되는 존재였다. 그리고 그들을 지켜보는 우리에게도 그랬다. 쓰키코가 왜 좋아하는지 알 것 같았다. '날달걀 오렌지 주스'의 수수께끼도 풀렸다.

"있잖아, 영화를 보고 궁금해진 건데, 혹시 류타랑 쓰키코 둘의 이름 말이야, 혹시 이 영화에서 따온 거야?"

내 질문에 둘은 얼굴 가득 환한 미소를 머금고 끄덕였다.

"응. 금방 알아차렸네."

"우리 엄마 아빠 진짜 단순하지?"

"아니, 두 분 다 너무 멋져!"

류타의 '류龍'는 틀림없이 행운의 용에서 따왔을 테고, 쓰키코의 이름도 작품 속에서 중요한 의미를 가진, '세상을 구하는 말'에서 따왔다고 했다. 정말 멋져서 조금 부럽기까지 했다.

"아빠랑 엄마가 좋아하는 영화라 우리도 이 영화를 몇 번이나 보면서 자랐어. 어쩌면 그래서 '피아노 소녀'를 잊을 수 없었는지도 몰라."

"어? 나 말이야?"

너무 놀라 목소리가 이상하게 나왔다. 마치 두 사람의 세상 속에 나도 들어간 것 같았다.

“물론, 꼭 그것 때문에 히마리를 좋아하는 건 아니야. 히마리가 처음 온 날, 이건 운명이라고 생각하긴 했지만.”

좀 기분 나쁘게 들릴지도 모르지만, 하고 덧붙인 쓰키코는 멋쩍게 웃었다. 하지만 나는 쓰키코가 하고 싶은 말이 무엇인지 너무나 잘 알았다.

어른들은 그저 우연이라든가 별 의미 없는 일이라며 웃어넘길지도 모르지만 내 마음도 쓰키코와 같았다. 이건 운명이다. 분명 신이 정해놓은 일이다. 억지로 그날 피아노를 친 것도, 내가 전학 와서 우리가 같은 반이 된 것도, 도무지 이해할 수 없는 댄스 수업도, 도서관에서 만난 것도. 내가 스기우라 씨를 만나 타셋에 가게 된 것처럼 어쩌면 인간은 우연한 선택을 거듭하며 운명의 문을 열게 되는 것일지도 모른다.

“다음에 우리 집에 놀러 와! 아빠 엄마도 좋아하실 거야!”

영화의 감동이 아직 가시지 않는지 쓰키코가 들뜬 목소리로 말했다.

“나, 나도 카페 타셋에 너랑 같이 가고 싶어.”

나도 그랬다. 하야리 씨와 히구레 씨에게 쓰키코를…, 가능하다면 류타도 소개하고 싶었다.

“응, 물론이지. 다음에 같이 가자!”

"그래, 다음에…. 그런데 말이야. 우선 둘 다 댄스부터 해결해야 하지 않을까? 결국 오늘은 영화만 보고 끝나버렸잖아."

둘이서 의기투합해 신나게 떠드는데 류타가 나와 쓰키코에게 생각 좀 하라는 듯이 말했다. 우리는 갑자기 현실로 돌아오고 말았다.

"휴…."

나와 쓰키코의 표정이 어두워졌다. 하지만 이내 쓰키코가 눈동자를 반짝이며 말했다.

"음, 그럼 내일은 우리 집에서 연습하자. 댄스 발표가 끝나면 기념으로 카페에 가서 골든 리트리버를 쓰다듬는 거야!"

"그래!"

난 있는 힘껏 고개를 끄덕였다.

그날은 모든 게 즐겁고 행복했다. 마치 운명처럼 느껴졌다. 집에 가기 전 쓰키코가 화장실에 간 사이, 류타가 SNS 아이디를 교환하자고 했다. 난 얼굴이 새빨개져 바로 대답하지 못했다. 물론 싫지 않았다. 오히려 기뻤다. 너무나 기뻤다. 그가 알려준 아이디로 내가 먼저 연락할 용기는 아직 없었지만.

쓰키코는 사랑에 빠지는 건 추락하는 것과 비슷하다고 했다. 하지만 나에게는 사랑이 조금 더 다정한 것 같았다. 마치 둥둥 떠 있는 무중력 상태 같기도 하고, 파란 하늘 위에서 바람 부는 대로 이리저리 흔들리는 빨간 풍선 같기도 했다. 바람이 휙 불면 순식간에 저 멀리 날아갈 것만 같았다. 난 쓰키코가 정말 좋았다. 쓰키코를 닮은 류타에게 끌리는 건 어쩌면 당연한 일일지도 모른다. 그리고 어쩌면 류타도 날 좋아하는 쓰키코처럼 나를….

집에 돌아온 뒤에도 이런 상상이 머릿속을 떠나지 않아 밤새 잠을 이루지 못했다. 태어나 처음으로 피아노에 감사한 마음이 들어 오랜만에 피아노를 쳐봤다. 유치원 시절보다 훨씬 더 형편없었다. 피아노를 연주했다기보다는 건반 소리를 들어보고 손가락의 감촉을 느껴보는 것에 불과했다. 그런데도 엄마는 피아노 앞에 앉은 날 보고는 기뻐하며 눈물을 흘렸다. 엄마가 이렇게까지 좋아할 줄 몰랐던 나도 기뻐서 울고 말았다.

그날은 정말 기적 같은 하루였다. 신은 심술을 부리지 않았고 난 세상의 중심에 서 있었다. 그래서 깜빡하고 말았다.

신은 나를 끔찍이도 싫어한다는 사실을.

4

추적추적 비가 내리던 날, 쓰키코가 나에게 꼭 소개해주고 싶다고 했던 그 애 부모님을 처음으로 만났다. 향 냄새가 감도는 그곳에서, 쓰키코와 류타의 엄마를 바라보며 두 사람이 엄마를 닮았다고 생각했다.

그녀는 울고 있었다. 둘의 기다란 속눈썹은 엄마를 닮은 걸까? 검은색 원피스를 입은 날씬한 모습은 왠지 모르게 중성적이었고 쓰키코가 더 선명하게 떠올랐다. 류타의 곱슬곱슬한 머리카락은 아무래도 아빠를 닮았나 보다. 류타와 부모님 그리고 사진 속 쓰키코는 얼핏 봐도 한 가족으로 보였다. 나는 한 권의 책과 영화와 음악으로 쓰키코의 가족과 이어져 있다고 믿었다. 그건 순전히 나 혼자만의 오만한 착각이었다.

난 절대로 저 가족과 함께할 수 없다.

같이 영화를 본 다음 날인 토요일 아침, 나는 아침밥을 먹고 쓰키코네 집으로 갈 예정이었다. 그런데 집을 나서려 준비하는 나에게 엄마가 못마땅한 표정으로 어딜 가냐며 가로막았다.

"친구네 집에. 체육 수업 댄스 발표가 있어서 연습하러 가는 거야."

거짓말이 아니었기에 주저하거나 머뭇거리지 않고 대답할 수 있었다. 엄마 몰래 타셋에 갈 때의 죄의식도 느끼지 않았다.

"대체 피아노는 어떻게 하려고 그러니?"

"뭐?"

"이제야 연습을 시작할 수 있게 됐는데. 이런 건 처음이 얼마나 중요한지 알잖아?"

엄마가 날 보며 한심하다는 듯이 말했다.

"그, 그건 엄마 말이 맞는지도 모르지만, 오늘은 진짜 댄스 연습 때문에….”

“거짓말하지 마! 어제 노래방에서 논 거 다 아니까.”

갑자기 엄마가 소리를 질렀다.

어제 쓰키코와 류타랑 노래방에 있던 걸 여동생이 본 모양이었다.

“하지만 그건 정말 댄스 연습하러 간 거야. 놀러 간 게 아니라….”

“넌 왜 항상 변명만 늘어놓니?”

그때부터 익숙한 설교가 시작되었다. 엄마는 내 말을 들으려 하지도 않았고 믿어주지도 않았다. 내가 꾀를 부려 피아노에서 도망치려 한다고 처음부터 단정했다. 이렇게 되면 엄마의 마음이 풀릴 때까지 끝도 없는 설교가 이어진다.

엄마에게 나는 노력하기 싫어하는 아이일 뿐이다. 지금까지 성과가 나오지 않은 이유는 언제나 내가 노력하지 않았기 때문이다. 전에 할머니는 엄마가 노력이나 공부 같은 걸 도통 하지 않는 아이였다고 말했었다. 사실인지 아닌지는 몰라도, 할머니가 엄마를 생각한 그대로 엄마도 지금 날 생각하는 거다. 그러니 반론해봤자 엄마의 화만 더 돋우게 될 게 분명했다. 난 그저 조용히 자리를 지킬 수밖에 없었다. 쓰키코가 근처 역까지 마중 나오기로 했지만, 쓰키코에게 연락하려고 스마트폰을 꺼냈다간 불에 기름을 들이붓는 꼴이 될 터였다. 나는 일단 엄마의 설교를 묵묵히 받아냈다. 한참 열을 내던 엄마가 슬슬 지쳐 갈 무렵, 정말로 댄스 발표 때문에 연습하기로 했다고 말하고 선생님이 나누어준 프린트와 연습하며 찍은 영상을 보여주었다. 엄마가 알겠다며 나를 보내줬을 때는 이미 약속했던 시간보다 40분이나 늦어 있었다. 서둘러 쓰키코에게 연락했지만 답이 없었다. 문자를 보내도 좀처럼 읽었다는 표시가 뜨지 않아 전화를 걸었지만 전화도 받지 않았다. 어쩌면 기다리는 동안 스마트폰 전원이 꺼졌는지도 모른다. 지각한 원인이 엄마라고는 해도 그걸 설명하기는 어려울 것 같았다. 하지만 쓰키코라면 틀림없이 이해해줄 것이다. 아무튼 빨리 만나서 사과하고 싶었다. 그런 마음으로 지하철에 올라탔다. 다음 역에 도착했을 때 술렁거리는 분위기 속에서 무슨 일이 일어났음을 직감했다. 어째서 쓰키코에게 보낸 메시지에 '읽음' 표시가 뜨지 않는지도.

그날 홋카이도 지역의 석간신문에는 지하철역 앞 사고가 크게 실렸다. 당시 운전자는 건강 문제로 갑자기 의식을 잃었다고 한다. 사람들이 많이 지나다니는 역 앞 교차로를 향해 브레이크도 밟지 않은 채 돌진한 승합차는 차례대로 여섯 명을 치었고 운전자는 현장에서 사망했다. 부상자 중 삼십 대 남성과 여중생은 의식불명으로 중태에 빠졌고 나머지 네 명도 중경상을 입었다.

나를 마중 나온 쓰키코는 승합차와 자전거 보관소 벽 사이에 끼어, 심하게 다치고 말았다. 현장 영상 속에는 처참하게 찌그러진 자전거와 바닥에 떨어진 붉은색 양장본 책 한 권이 담겨 있었다.

며칠 후 숨을 거둔 쓰키코의 장례식장에서 쓰키코의 '친구'를 대표해 서 있는 사람은 다름 아닌 케이였다. 류타도 지금은 혼자 있고 싶다며 말을 아꼈다. 말하지 않아도 알 수 있었다. 류타는 나에게 화나 있다는 것을. 내 잘못이 아니라고 말하고 싶었다. 하지만 내가 늦지 않았다면 쓰키코는 사고를 당하지 않았을지도 모른다. 내 잘못이 아니라고 말하고 싶지만 나 때문에 일어난 일이었다.

왜 이런 슬픈 일이 일어난 걸까? 이렇게 나쁜 일은 어디서 시작됐을까? 내 잘못이 아니라는 이유를 찾고 싶었다. 약속 시간에 늦게 만든 엄마의 잘못으로 돌리고 싶었다. 하지만 엄마가, 내가 피아노로부터 도망치고 있다며 그렇게까지 몰아붙인 이유를 거슬러 올라가면 결국은 내가 손을 다쳤기 때문이다. 일부러 그런 건 아니라 해도 사고를 낸 사람에게도 잘못은 있다. 큰 타이어가 달린 묵직한 자전거를 쓰키코 옆에 세워놓은 사람도 잘못했다.

쓰키코가 그 자리에 서서 날 기다리지 않았더라면…. 나 같은 애를 좋아하지 말고 축제 때 일도 까맣게 잊었더라면…. 어떤 이유든 결국 내 잘못이 가장 컸다.

내가 쓰키코를 죽게 했다.

장례식이 끝나고 어떻게 타셋까지 갔는지 잘 기억나지 않는다. 나는 빗속에서 울면서 걸어가 오랜만에 타셋의 문을 열었다. 시간을 되돌릴 방법을 알고 싶었다. 반드시 알아야만 했다. 그렇지만 하야리 씨는 손님이 없는 조용한 타셋에서, 슬픈 표정으로 단호하게 말했다.

"그럴 수 없어."

"왜요?"

소리치다시피 하며 카운터를 탁 짚자 젖은 손이 미끄러졌다. 그대로 균형을 잃을 뻔한 나를 붙잡으려 하야리 씨가 손을 뻗었다. 하지만 난 그 손을 뿌리쳤다.

"대체 왜요? 왜 안 되는 건데요?"

나도 모르게 목소리가 거칠어졌다. 하야리 씨는 그런 나를 더욱더 애처로운 눈빛으로 바라보다가 고개를 떨구었다.

"전에도 얘기했잖아. 시간의 수호자인 히마리의 시간을 되돌리는 건 불가능해. 시간의 수호자는 단지 과거와 현재의 강을 건널 뿐이야. 과거를 바꾸고 싶은 사람이 스스로 되돌아가고 싶은 곳을 선택하지 않는 한, 우리로서는 달리 도울 방법이 없어. 이 규칙에 예외는 없어."

"정말 쓰키코를 위해서 할 수 있는 게 아무것도 없어요?"

시간의 수호자는 자기 자신을 위해 과거로 돌아갈 수 없다. 그건 하야리 씨도 히구레 씨도 마찬가지다.

어쩌면 다른 방법이 있을지도 모른다는 희미한 기대를 품었는데. 나는 온몸에서 힘이 빠져나간 듯 바닥에 주저앉아 무릎을 껴안고 흐느꼈다. 모카와 하야리 씨는 그런 내 곁을 지켜주었다. 하지만 내가 필요한 건 그런 다정함이 아니었다. 나는 과거로 돌아가고 싶었다. 쓰키코를 원래대로 돌려놓고 싶었다.

왜 우리만 안 되는 거죠?

어째서 나는 할 수 없는 거예요?

왜? 도대체 왜? 왜 우리만?

신은 대체 왜 나에게 이런 힘을 주었을까.

"…방법이 전혀 없는 건 아니에요."

보다 못한 히구레 씨가 조심스레 말을 꺼냈다.

"히구레…."

하야리 씨는 그 방법을 달가워하지 않는 눈치였다.

"어떤 방법이든 상관없어요! 내, 내가 할 수 있는 거라면 뭐든 할게요!"

하야리 씨는 소리치는 나를 보고 카운터 안에 있는 히구레 씨에게 무언가 말하고 싶은 듯한 시선을 보냈다. 하지만 이내 어쩔 수 없다는 듯 짧게 한숨을 내쉬었다.

"…그러려면 쓰키코를 위해 진심으로 과거를 바꾸고 싶어 하는 누군가가 있어야 해요. 그리고 그 사람을 찾아 이곳으로 데려와야 해요."

쓰키코를 위해, 과거로 돌아갈 수 있는 단 한 번의 기회를 사용할 사람.

"…여기 말고 다른 곳에서는 할 수 없어요?"

“그건… 좀 어려워요. 과거로 돌아가기 위해서는 시간의 수호자마다 꼭 치러야 하는 의식이 있거든요. 우리도 그렇고 과거로 돌아가는 당사자도 차분하게 마음을 가다듬어야 하니까요.”

히구레 씨가 대답했다. 내가 직접 과거로 건너갈 수 있다면 좋겠지만 난 아직 방법을 모른다.

“류타나 쓰키코의 부모님을 이곳에 데리고 오면 되는 거죠?”

그 정도는 할 수 있을 것 같았다. 쓰키코네 가족이라면 그녀를 되살리고 싶어 할 게 틀림없다.

쓰키코가 떠난 이후, 난 마음이 텅 빈 허깨비가 된 것 같았다. 야마네와 다른 친구들은 그런 나에게 다정하게 대해줬지만 아무리 잘 대해줘도 그들은 쓰키코가 아니었다. 이런 이별은 도저히 받아들일 수 없었다. 친구인 나조차 이런데, 가족은 나보다 훨씬 더 괴로울 것이다.

“데려올게요! 꼭 데리고 올게요!”

내가 흐느끼며 말하자 하야리 씨는 복잡한 표정으로 고개를 끄덕였다. 마치 넌 할 수 없을 거라 말하는 것만 같았다. 나는 분한 마음에 이를 악물었다.

5

그 후 나는 매일 쓰키코네 집에 찾아갔다. 부모님 아니면 류타를 설득하기 위해. 세 사람 중 누군가가 내 말을 믿고 쓰키코가 사고를 당하지 않는 과거를 만들어낸다면 쓰키코는 살아 돌아올 테니까. 하지만 쓰키코의 부모님은 너무나 상심한 나머지 날 만나주지도 않았다. 문 너머로 돌아가라는 말만 되풀이했다. 경찰을 부르겠다고도 했고 분노에 찬 목소리로 저주를 퍼붓기도 했다.

난 빗속에 몇 시간을 꼼짝하지 않고 서서 내 말을 들어주길 기다렸다. 누가 봐도 정상 궤도를 한참 벗어난 행동이었다. 나도 알고 있었다. 하지만 다른 방법이 없었다. 어떤 말을 듣든 상관없었다. 나 때문에 쓰키코의 부모님이 더 깊은 상처를 입는다 해도 어쩔 도리가 없었다.

그런 건 괜찮다. 과거로 돌아가기만 한다면 모두 없었던 일이 될 테니까. 누군가가 나를 미워하게 돼도, 싫어하게 돼도, 괜찮았다.

쓰키코를 되돌릴 수만 있다면, 나 때문에 사라져버린 쓰키코를 구할 수만 있다면. 결국 학교에도 연락이 갔는지 근엄한 표정의 선생님 셋에게 둘러싸여 설교를 들었다. 선생님들은 내 마음을 이해한다면서도 그건 잘못된 행동이라며 호되게 나무랐다. 그리고 내가 이야기 나눠야 할 사람은 쓰키코네 가족이 아니라 정신과 의사라고 했다. 학교 상담 선생님과 이야기해보라는 권고도 내려졌다.

하지만 난 정신이 이상해진 게 아니다. 지극히 정상이다.

분명히 난 정상이다.

그런데 어느 순간, 어쩌면 이 모든 게 내 망상이 아닐까 하는 의심이 점점 부풀어 올랐다. 갑자기 무서워졌다. 하지만 모에레누마 공원에 가면 여전히 타셋이 있었고, 스기우라 씨네 집이었던 주차장도 그대로였고, 제과점 시마에나가도 그대로였다.

그러니까… 괜찮다. 나 자신을 믿어야만 한다.

이제야 그때 하야리 씨의 표정이 무엇을 뜻하는지 알게 됐다. 그때는 누군가를 타셋에 데려가는 일이 쉬울 줄 알았는데, 아직 조그마한 가능성도 보이지 않았다.

그런데도 나는 다음 날 학교를 마치자마자 쓰키코네 집으로 향했다. 학교에서도 다들 수군거리는 듯했지만 난 가야만 했다. 엄포를 놓는 선생님들도 무서웠고 학교에서 엄마에게 연락하는 것도 무서웠다. 그래도 겁먹고 있을 수만은 없었다. 내가 포기하면 쓰키코는 영원히 이 세상에서 사라져버리고 말 테니까.

인터폰을 몇 번이나 눌러대자 그제야 체념한 듯한 쓰키코의 엄마 목소리가 들렸다.

"다음에는 경찰을 부를 거야. 분명히 경고했어."

과거가 바뀌면 이 죄는 사라지게 된다는 걸 알면서도 쓰키코네 엄마의 슬픈 목소리를 듣는 일은 괴로웠다.

"할 이야기가 있어요. 제발 부탁드려요."

그래도 나는 용기를 짜내 인터폰에 대고 말했다.

"우린 네 이야기 듣고 싶지 않아. 부탁이니까 그냥 내버려 둬! 제발 더는 괴롭히지 마!"

처음엔 감정을 억누르듯 말하던 그녀는 결국 참지 못하고 목소리를 높였다. 인터폰 너머로 끊기듯 들려오는 목소리에 몸이 움츠러들려는 걸 간신히 참았다.

"아니에요. 괴롭히려는 게 아니에요."

"돌아가, 당장 돌아가!"

그저 내 이야기를 듣고 함께 타셋에 가서 쓰키코를 떠올리기만 하면 된다. 그다음에는 하야리 씨와 히구레 씨가 과거로 데려가줄 테니까. 난 그걸 위해서라면 무엇이든 할 수 있었다.

단 한 번만 기회를 주면 되는데. 그러면 되는데….

오늘도 쓰키코 엄마는 내 이야기를 들어줄 것 같지 않았다. 더 이상 그녀를 설득하는 건 어려워 보였다. 류타를 기다려 보거나 아니면 쓰키코네 아빠가 다니는 회사가 어딘지 알아낼 순 없을까? 이런 생각을 하며 일단 집으로 돌아가려 할 때였다.

"저기… 제발 당분간만이라도 찾아오지 말아줘."

슬픈 목소리가 들려 돌아보니 류타가 서 있었다.

"류타…."

"경찰이 오기 전에 오늘은 이만 돌아가는 게 좋을 거야."

그는 벌써 경찰에 신고했을 거라면서 굳은 표정으로 날 쫓아내려 했다.

"쓰키코를 위해서라도, 난 못 돌아가."

"쓰키코는… 이제 없어. 히마리가 나쁜 뜻으로 이러는 게 아니라는 거 알아. 하지만 우리 좀 내버려둬. 언젠가 마음에 여유가 생기면… 너하고도 얘기할 수 있는 날이 오겠지."

류타가 떨리는 목소리로 말했다. 그의 눈은 부어 있었고 얼굴은 푸석푸석했다.

"한 번만… 날 믿어주지 않을래?"

"뭐?"

"돌아가라고만 하지 말고 내 말을 들어 봐. 쓰키코가 살아 돌아올 방법이 있어."

간신히 말을 마치자, 류타의 얼굴이 순식간에 분노로 일그러졌다.

"…그런 농담은 해도 될 때와 안 될 때를 생각해."

누가 농담으로 이런 말을 할까. 난 어렴풋이 류타라면 믿어줄 거라고 멋대로 기대했던 것 같다. 그래서 이 거절이 더 슬펐다. 머리로는 이해하면서도 마음속으로는 계속 소리쳤다. 왜 내 말을 믿지 않냐고. 모든 걸 포기한 채 울고 싶은 마음을 꾹 참고는 아랫입술을 꽉 깨물었다. 그리고 다시 한번 류타에게 부탁했다.

"제발⋯ 딱 한 번이면 돼. 딱 한 번만. 날 믿고 같이 가줘."

"어디를?"

가시 돋친 목소리가 돌아왔다.

"타셋, 모에레누마 공원 근처에 있는 카페."

곧바로 대답하자 잠깐 고민하던 그가 이윽고 한숨을 내뱉었다.

"⋯따라가면, 이제 다시는 집에 찾아오지 않을 거야?"

"갈 거야?"

"아니, 하지만 모에레누마 공원에 가는 건 괜찮아."

"응?"

"거긴 어렸을 때부터 우리 가족이 자주 가던 곳이야. 쓰키코도 좋아했던 곳이고."

잠깐의 침묵 끝에 류타가 덧붙였다.

"그곳에서 둘이, 쓰키코 이야기를 나누는 거라면 괜찮을 것 같아."

나는 고개를 끄덕였다.

"…알았어."

모에레누마 공원에 가는 것만 해도 꽤 큰 진전이다. 거기까지 가서 어떻게든 그를 설득해 돌아오는 길에 타셋에 데려가면 된다. 그의 마음이 바뀌기 전에 서둘러 모에레누마 공원으로 향했다.

처음으로 가는 모에레누마 공원이었다. 게다가 류타와 단둘이. 원래라면 기뻐서 가슴이 두근거리겠지…. 난 류타를 좋아하는 것 같으니까. 어쩌면 사랑인지도 모르니까.

하지만 류타가 아니라 쓰키코와 함께 모에레누마 공원에 가는 거라면 좋았을 텐데. 아니면 셋이 함께였다면. 공원으로 가기 위해 지하철에 올라타며 생각했다. 간절히, 아주아주 간절히.

6

도호선 간조도리히가시역에서 버스로 모에레누마 공원까지는 약 25분이 걸린다. 버스 안은 제법 붐볐다. 류타와 어깨가 닿을 정도로 가까워서 난 최대한 몸을 움츠렸다. 하지가 지난 지 얼마 안 돼서인지 오후 다섯 시였지만 하늘은 여전히 밝았다. 이대로라면 항상 밖에서 바라보기만 했던 저녁노을에 물든 유리 피라미드를 안에서 볼 수 있을지도 모른다. 어렴풋이 생각에 잠겼다. 버스를 내려 걸어가자, 눈앞에는 초록 언덕이 펼쳐져 있었다. 강(정확히는 늪)에는 벽돌 다리가 걸려 있었고 나무들 너머로 유리 피라미드가 보였다.

"공원이라고 해서 놀이기구라도 있는 줄 알았는데 아니네. 하이드 파크랑 분위기가 비슷하다."

무심코 중얼거리자 류타가 나를 보며 물었다.

"놀이기구는 다른 쪽에 있어. 하이드 파크?"

"응. 런던에 있는 공원."

나도 하이드 파크에는 몇 번 가본 게 다였다.

"여긴 그렇게 유명하진 않아. 저기 보이는 게 모에레 산이야. 표고는 62.4미터, 사람이 만들었어."

류타가 가리킨 곳에 낮은 산꼭대기가 보였다.

"사람이 만들었다고?"

"응. 모에레 산은 타지 않는 쓰레기랑 공사할 때 나온 흙으로 만든 인공산인데 히가시구에 있는 유일한 산이래."

"정말, 쓰레기로 만든 거야?"

놀라서 목소리가 높아지자 류타가 미소 지었다.

우리는 공원을 거닐었다. 잔잔하게 불어오는 바람 덕분일까, 류타의 표정이 한결 부드러워졌다.

"모에레누마 공원은 예술 공원이야. 설계한 사람이 일본계 미국인 조각가 이사무 노구치래."

"이사무 노구치?"

어디선가 들어본 것 같기도 하고 아닌 것 같기도 했다.

"오도리 공원에 신기하게 생긴 까만색 원통형 미끄럼틀이 있는데 그것도 이사무 노구치 씨 작품이야."

"아…."

그러고 보니 다카나시 씨가 엄마와 헤어진 장소에 검은색 조형물이 있었던 게 기억났다. 예술 작품이긴 하지만 단순히 바라보기만 하는 게 아니라, 사람들 가까이에서 함께 어우러지며 사랑받는 조형물을 만드는 작가인 듯했다.

"여기는 원래 삿포로시 인근의 쓰레기를 묻던 늪지였어. 이사무 노구치 씨는 인간이 상처입힌 땅을 예술로 되살려내겠다며 이곳에 아름다운 공원을 만들었대."

"예술로 되살려낸다고…."

망가진 것이나 잃어버린 것을 완전히 똑같이 되돌리는 건 불가능하다. 하지만 과거를 잊지 않고 다시 한번 사랑받는 존재로 거듭나게 하고 싶다는, 얼굴도 모르는 예술가의 소망이 어쩐지 내 마음속에 살그머니 자리 잡았다.

나도 쓰키코를 되살리기 위해 지금 여기 있다. 연인이나 가족, 강아지랑 산책하러 나온 사람들…. 다양한 이들이 모에레누마 공원을 찾아온다. 예술과 자연과 사람들의 삶이 한데 어우러진, 평온한 시간이 흐르는 바로 이곳에서 나는 류타와 그저 말없이 걸었다. 대화가 이어지지 않는 건 어쩌면 당연한 일이다. 어떤 이야기부터 시작하면 좋을지 망설이고 있는데 류타가 갑자기 멈춰 섰다.

"이왕 온 김에 모에레 산에 올라가볼래?"

"그, 그래."

이대로라면 그저 산책을 즐기러 온 거라고 생각할지도 모른다. 이상하게 생각하면 어쩌나 싶으면서도 난 그의 제안대로 모에레 산을 올랐다. 산이라고는 해도 잔디가 깔려 있고 나무도 없어서 산보다는 커다란 언덕에 가까웠다. 산이라기엔 좀 과한 느낌이다.

꼭대기로 이어진 완만한 계단을 오르자 10분도 지나지 않아 정상에 도착했다. 낮은 산이어도 정상에 올라 주변을 둘러보니 삿포로 거리의 풍경이 한눈에 들어왔다.

"매년 이곳에서 9월에 불꽃축제가 열리는데 우리 가족은 첫 회 때부터 매년 다 같이 보러 왔어. 이제 쓰키코가 없으니까 오지 않겠지만."

류타의 목소리는 멀리서 불어오는 바람에 흩날려 사라져 버릴 것 같았다. 하지만 내 귀에 또렷하게 와닿았다.

“…미안해.”

무슨 생각을 하기도 전에 사과의 말이 입에서 흘러나왔다. 류타가 금방이라도 눈물을 흘릴 듯한 표정으로 미소 지었다.

“…정말로 히마리를 원망하는 건 아니야. 진심이야. 나도 우리 엄마도.”

“그날 아침, 엄마가 매일 놀기만 한다면서 화를 냈어. 아무리 댄스 연습하러 가는 거라고 얘기해도 엄마는 날 믿어주지 않았어. 약속 시간에 늦고 싶지 않았는데, 연락하고 싶었는데… 엄마가 무서워서….”

“…그랬구나.”

결국 변명일 뿐이라는 생각에 고개를 떨어트렸다.

집은 자주 비웠던 이유는 내 자리가 없었기 때문이있다. 그리고 그곳엔 피아노가 있었다. 그래서 난 매일 피아노가 없는 타셋으로, 날 받아들여 주는 곳으로 도망쳤다. 하지만 엄마의 눈에는 내가 피아노 연습을 게을리하고 놀러 다니는 걸로만 보였던 거다. 난 엄마에게 그렇지 않다는 설명을 하지 않았다. 무슨 말을 해도 소용없을 거라 지레짐작하고, 처음부터 엄마에게 이해받으려는 노력조차 하지 않았다. 결국 내 잘못이다.

"미안해. 다 비겁한 변명이라는 거 알아. 엄마가 날 믿어주지 않은 건 평소 내가 그렇게 행동했기 때문이니까."

류타는 난처한 듯 나를 보다가 저 멀리 펼쳐진 삿포로 시내로 고개를 돌렸다.

"누구 잘못도 아니야. 적어도 난 그렇게 생각해."

"하지만…."

"누군가를 미워하면 잠시나마 슬픔이 잊히기도 하고, 누군가를 미워하는 일이 쓰키코를 위하는 일처럼 느껴지기도 했어. 마치 원수를 갚는 것 같은 착각에 빠지기도 했지. 그런 생각을 하고 있으면 조금이나마 마음이 가벼워지는 것 같기도 했어. 하지만 결국 누군가를 미워하는 마음으로 슬픔을 가릴 수는 없어. 그렇게 치유할 수 있는 건 아무것도 없어. 그저 마음속에 진흙 같은 응어리만 쌓여갈 뿐이야."

그는 한숨을 한 번 더 길게 내쉰 뒤 내 눈을 찬찬히 들여다보며 말했다.

"나는 누군가를 미워하고 싶지 않아. 그러니까 당분간은 히마리가 우리 집에 오지 않았으면 좋겠어."

"응…."

나도 원망받고 싶지 않았다. 미움받고 싶지 않았다. 하지만 나는….

나는 고개를 숙인 채 입술을 꽉 깨물었다. 피가 나올 정도로 아주 세게.

"…모에레 불꽃축제에는 '야미보즈'가 나와."

"야미보즈?"

"응. 한 해 동안 쌓인 인간의 더럽고 추악하고 슬픈 마음 같은 것들이 만들어내는 괴물인데, 그걸 매년 불꽃축제에서 깨끗하게 정화하는 거야."

갑작스러운 이야기에 순간 당황했다. 류타는 그런 나를 향해 애써 입꼬리를 올려 웃어주었다.

"물론, 설정이 그렇다는 말이야. 모에레 불꽃축제는 화려할 뿐만 아니라 그런 이야기가 담겨 있는 소리와 빛의 예술 축제거든. 야미보즈는 불꽃축제에 등장하는 좀 무서운 마스코트 같은 거야."

류타가 스마트폰으로 이미지를 검색해 보여주었다. 커다란 검은색 인형은 꼭 풍선 같았다.

"귀엽긴 한데 좀 무섭네…."

큰 괴물 같은 게 밤하늘에 둥둥 떠 있는 모습을 상상하다가 무심코 말했다.

"좀 무섭긴 하지. 쓰키코는 어렸을 때 야미보즈를 무척 싫어해서 이게 보일 때마다 자기 얼굴을 손으로 가렸어."

류타는 그립다는 듯 가볍게 웃었다. 가슴을 바늘로 콕콕 찌르는 것처럼 따끔거렸다.

"저쪽에 커다란 분수가 있는데 하루에 몇 번 분수쇼를 해. 특히 밤에는 조명도 비춰서 진짜 예뻐. 다 같이 보러 갔었는데 쓰키코만 눈두덩이에 모기를 물려서 퉁퉁 부었었지."

"쓰키코만?"

"응. 그리고 저쪽 물가에서 넘어져 엉덩이가 푹 젖어서 엉엉 울기도 했고, 자전거를 타는데 갑자기 쓰키코가 타던 자전거 타이어만 펑크가 난 적도 있어. 아, 그리고 유리 피라미드 근처에서 산 소프트아이스크림을 입구에서 떨어트린 적도 있고. 진짜 덜렁대기 선수라니까."

류타는 잔잔한 미소를 머금고 있었다. 그렇게 류타는 공원 여기저기에 흩어져 있는 추억을 떠올리며 하나씩 건져 올리듯 이야기해주었다. 그 하나하나가 쓰키코를 이루고 있는 영혼의 조각처럼 느껴졌다.

낮에는 더웠지만, 서서히 저녁노을이 지기 시작한 모에레누마 공원에는 산들산들 기분 좋은 바람이 불어오고 있었다. 멀리서 아이들의 웃음소리도 들려왔다.

이야기에 푹 빠져 걷고 있던 내가 발이 걸려 넘어지려는 순간 류타가 손을 내밀었다. 류타의 손을 잡고 균형을 잡은 후에도 우리는 그대로 손을 잡고 걸었다. 어쩌면 데이트하는 것처럼 보였을지도 모른다. 나도 이런 시간을 꿈꿔보지 않은 건 아니다. 하지만 류타도 나도 이 순간에 정말로 손을 잡고 싶은 사람은 쓰키코일 것이다.

"이렇게 아름다운 곳인데 왜 쓰키코와 같이 오지 않았을까."

나도 모르게 튀어나온 말에 류타는 아무 말 없이 내 손을 꼭 쥐었다. 아플 정도로 강하게. 모에레누마 공원에 불어오는 바람이 다정했다. 쓰레기 더미 위에 만들어진 공원이라는 사실이 믿기지 않을 정도로 아름다웠다.

살아 있는 한 세상이 늘 아름답기만 할 수는 없다. 하지만 인간은 쓰레기 더미 위에서도 아름다운 것을 만들어내는 존재이지 않을까. 괴롭고 힘겨운 삶 속에서도 작곡가가 아름다운 곡을 만들어냈듯이.

너무나 괴로웠다. 쓰키코가 그리워 가슴이 아려왔다. 후회와 참회가 내 마음을 짓눌러서 고통스러운 지금 이 순간도, 언젠가는 잊어버리게 될까?

류타의 손은 따뜻했다. 그 순간 '이대로도 괜찮지 않을까' 라고 생각할 뻔했다. 나는 곧바로 머리를 흔들었다. 이 세상에서 나만이 쓰키코를 구할 수 있다. 나만이 할 수 있는 일을 포기하다니. 안 돼, 그럴 순 없어.

이제는 더 이상 나 자신에게 실망하고 싶지 않다. 절대로. 설령 두 번 다시 류타와 손을 잡지 못하게 되더라도.

서서히 기울기 시작한 해가 나무들 위로 솟아 있는 유리 피라미드 꼭대기를 비추기 시작했다. 이제 시간이 얼마 없다. 난 용기를 짜내 유리 피라미드 앞에서 걸음을 멈추고 류타를 바라봤다.

"만약에… 만약에 말이야. 과거를 되돌릴 수 있다면 어떻게 할래?"

"뭐?"

"만약에 시간을 되돌려 쓰키코를 살려낼 수 있다면…."

"농담이라도 그런 말은 하지 말라고 했을 텐데…."

그때까지 어딘가 공허하다 싶을 만큼 온화하던 류타의 얼굴에 한순간 분노가 스쳤다. 간신히 짜낸 용기가 사그라들 것만 같았다. 하지만 마음을 다잡고 류타의 눈을 똑바로 바라봤다.

"나도 이런 이야기를 하게 될 줄은 몰랐어."

"그럼….."

"부탁이야. 한 번만 내 이야기를 들어줘. 이대로는… 나도 류타도, 평생 쓰키코를 만날 수 없게 돼. 그렇게 되면 난 평생 후회하겠지. 이제 더는 그러고 싶지 않아. 후회는 내 손만으로도 충분해."

"…손?"

류타기 의아한 듯이 미간을 찌푸렸다. 난 왼손을 가슴에 대고 살며시 주먹을 움켜쥐었다.

"이 손, 사고를 당한 건 우연이 아니었어. 난 그날 콩쿠르에서 좋은 성적을 거두지 못했고, 엄마한테 전화로 꾸중을 듣고 너무 슬펐어…. 그래서 생각했어. 사고라도 당하면 당분간 연습을 쉴 수 있을 텐데. 그러면 아무도 뭐라고 하지 않을 거라고."

가슴속에서 간신히 끌어올린 목소리가 떨렸다. 그날은 정말 괴로웠다. 차가운 비가 추적추적 내리고 바깥은 잿빛으로 물들어 있었다. 귓가에 "똑바로 해! 놀라고 유학 보낸 거 아니니까!" 하는 엄마의 목소리가 메아리쳤다.

잠시도 놀지 못하고 죽도록 연습만 하는 매일이었다. 엄격한 선생님, 알아듣지 못하는 언어, 아무리 시간이 흘러도 낯설기만 한 거리, 입에 맞지 않는 음식, 가까이 다가갈 수 없는 친구들. 모든 것이 차갑게 느껴지는 잿빛 세상에서 난 그저 엄마가 시키는 대로 연습만 했다.

그저 조금만 쉬고 싶었다. 엄마에게 따뜻한 위로 한마디가 듣고 싶었다. 잠시만 피아노 앞에 앉지 않을 이유가 필요했다. 내가 원하는 건 그저 그것뿐이었는데. 난 가슴속에서 꿈틀대는 유혹을 뿌리치지 못하고 한 걸음 앞으로 걸어갔다. 단 하루만이라도 피아노와 떨어져 있고 싶었다.

"그럼, 혹시 사고가⋯."

더듬더듬 떨면서 그날의 이야기를 들려주자 굳어 있던 류타의 얼굴에 서서히 슬픔이 번졌다.

"응, 일부러 그런 거야. 이렇게 크게 다칠 줄은 몰랐어."

의사 선생님은 목숨을 부지한 것만 해도 다행이라고 했지만 처음에는 차라리 죽는 게 나았겠다고 생각했다. 후회와 죄책감이 밀려와 너무나 괴로웠으니까. 비록 피아노는 칠 수 없게 됐지만, 의사는 생활에 지장이 없도록 내 손가락을 치료해주었다. 그 고통 속에서 난 더는 후회하며 살지 않겠다고 마음먹었다. 다시 살아가기 위해.

"다시는 포기하고 싶지 않아. 할 수 있는 걸 외면하고 못하겠다며 도망치고 싶지 않아. 그러니까 난 절대로 쓰키코를 포기하지 않을 거야."

"하지만 쓰키코는….."

"아니, 부탁이야. 제발 마지막으로 한 번만 내 말을 들어줘. 그리고 나를 믿어줘. 처음이자 마지막으로."

7

눈부시게 반짝거리는 유리 피라미드 앞에서 류타에게 모든 것을 이야기했다. 타셋과 내가 가진 힘, 그리고 스기우라 씨와 만났던 일, 고바야시 씨 부부와 다카나시 씨의 과거로 갔던 일, 그리고 그 힘을 사용하면 쓰키코를 구할 수 있을지도 모른다는 것까지.

류타의 표정은 여전히 굳어 있었다. 역시 내 말을 조금도 믿지 않는 것 같았다. 당연하다. 내가 류타였어도 그랬을 테니까. 그래도 아무것도 숨기지 않고 모든 걸 이야기했다. 조금이라도 거짓말을 하면 안 될 것 같았다. 내 진심이 전해진다면 류타가 날 믿어줄 거라고, 분명 그럴 거라고 생각했으니까.

"만약 그게 사실이라면… 히마리가 네 과거로 돌아가서 바꾸면 되잖아."

"아니, 난 내 과거로는 돌아갈 수 없어. 다른 누군가의 과거로만 갈 수 있대. 잘 설명하기 어렵지만 아마 난 '책을 읽는 사람'인가 봐. 페이지를 뒤로 넘겨 이야기를 다시 쓸 수는 있지만 내 이야기로는 들어가지 못해."

할 수 있는 건 밖에서 지켜보는 것뿐. 다른 누군가의 인생은 내 인생이 아니다.

"나도 내 인생을 바꿀 수 있다면 지금 당장이라도 바꾸고 싶어. 하지만 그럴 수 없으니까…. 그래서 난 과거의 일로 괴로워하는 사람이 나처럼 후회하지 않길 바라는 거야."

내 대답을 이해했는지는 알 수 없었다. 그는 다만 으음, 하고 낮게 신음할 뿐이었다.

"아직 잘 모르겠어. 솔직히 믿기 어려워. 그러니까 네 말은 그 카페에 가면 된다는 거야?"

류타는 아직 뭐가 뭔지 모르겠는지 길게 한숨을 내쉬었다.

"같이 가줄래?"

"그래. 내가 만약 가지 않으면 넌 놔주지 않을 테고, 집에 또 찾아올 것 같으니까…."

어쩔 수 없다는 듯한 목소리였다.

"네 말이 맞아."

난 시선을 아래로 떨군 채 고개를 끄덕였다.

"네가 매일 우리 집에 찾아온 이유는 충분히 알았어. 정말 쓰키코를 되살리고 싶어서 그랬다는 걸. 그 마음은 이해해. 나도 할 수만 있다면 쓰키코를 다시 만나고 싶으니까."

그러니까 한번 가보겠다고 했다. 기도하는 듯한 그의 간절한 목소리에는 아픔이 고스란히 묻어났다. 난 한 번 더 고개를 끄덕이고 타셋으로 향했다.

공원을 나서기 전에 마지막으로 풍경을 눈에 담아두고 싶어 뒤돌아섰다. 눈앞에 유리 피라미드가 반짝거리고 있었다. 언젠가 이곳에 쓰키코와 오고 싶다. 지금과는 다른 관계가 되어 있더라도. 난 간절한 마음으로 소망했다.

그렇게 우린 타셋에 왔다. 하야리 씨와 히구레 씨는 류타를 보자마자 그가 누구인지 알아차리곤 표정이 딱딱하게 굳었다.

"…데리고 왔어요."

모카가 걱정스러운 듯 나와 류타 사이에 콧등을 들이밀고는 우리 둘을 번갈아 올려다봤다.

"얘가 모카구나?"

류타가 꼬리를 흔드는 모카의 머리를 쓰다듬었다. 그러자 모카가 기뻐하며 '손'을 해달라는 듯 앞발을 내밀었다. 류타는 웃으며 앞발을 잡아주었다. 편안해 보이는 그의 표정에 안도했다. 그렇게 생각한 건 나뿐만이 아닌 듯했다.

"편안해 보여서 다행이네요. 오늘은 제가 안내하도록 하겠습니다."

"히구레 씨가요? 하야리 씨가 아니라?"

하야리 씨는 말이 없었다. 난 순간 걱정되어 카페를 둘러봤다. 괜찮다. 다른 손님은 없었다.

"어째서요?"

다시 묻자 하야리 씨가 눈을 내리떴다.

"난 시간의 수호자는 과거로 안내하는 것 이상의 일은 하면 안 된다고 생각해. 우리가 할 수 있는 건 그 사람의 마음에 공감해주는 것뿐이야. 선택하거나 바꾸는 건 시간을 건너간 본인의 몫이어야 해. 그 사람의 인생이니까."

“…이번에는 내가 과거를 바꾸고 싶어해서 안 된다는 건가요? 하지만 과거를 바꾸고 싶은 건 류타도 마찬가지예요.”

“알아.”

말다툼이라도 벌일 기세인 나와 하야리 씨를 제지하려는 듯 히구레 씨가 끼어들었다.

“시간의 수호자는 시간에 개입하면 안 된다는 건 하야리 씨가 정한 규칙이지 히마리가 정한 규칙은 아니에요. 실제로 시간의 수호자들 사이에도 다양한 의견이 있으니까요. 그러니까 난 우리가 강요할 일이 아니라 히마리가 앞으로 천천히 정해나가면 된다고 생각해요.”

히구레 씨의 말에 하야리 씨는 한숨을 길게 내쉬더니 고개를 돌렸다.

“그런데… 이래도 괜찮은 거예요?”

둘을 보며 묻자, 히구레 씨가 눈을 찡긋했다.

“일단 나도 시간의 수호자니까요. 가끔 돌아오는 길을 까먹을 때도 있지만.”

“그, 그게 아니라… 그랬다가 하야리 씨랑 다투실까 봐 걱정돼서요.”

당황한 내가 고쳐 말하자, 하야리 씨가 싱긋 웃었다.

"그 점은 걱정하지 마. 뭐, 확실히 내 생각과는 다르지만 히구레한테 시간을 건너는 방법을 알려준 건 나거든. 난 히구레한테 규칙을 선택하게 하지 않았어. 우린 가끔 그걸 고민하곤 해. 그러니까 아마도 히구레는 네가 자기처럼 후회하게 만들고 싶지 않은 거야. 하지만⋯."

하야리 씨는 다짐이라도 받으려는 듯이, 커피색 눈동자로 나를 똑바로 응시했다.

"과거를 바꾼다고 해서 반드시 네가 원하는 모습의 미래가 될 거라고 장담할 수는 없어. 때로는 더 슬픈 미래가 기다리고 있기도 하니까. 그렇게 되면 분명 넌 깊이 후회할 거야. 그러니까 난 시간에 간섭하면 안 된다고 생각하는 거고. 이것만은 꼭 명심해둬."

미래가 원하는 대로 바뀌지 않는다 해도 또다시 되돌릴 수는 없다. 이 힘을 사용할 때는 누군가의 인생이 걸려 있는 만큼 신중해야 한다.

"그리고 생명의 숫자는 정해져 있는 것 같아. 신은 때때로 잔혹할 정도로 계산을 정확하게 하거든. 그러니까 이런 건 처음이자 마지막으로 하자."

나에게 단단히 일러주는 하야리 씨는 전에 없이 진지했다.

그녀는 화난 것 같기도 하고 겁먹은 것 같기도 했다.

"저…, 이건 저도 원하는 일이에요. 히마리만 원하는 게 아니라."

그때까지 가만히 모카를 쓰다듬고 있던 류타가 조심스레 끼어들었다.

"그리고 오늘 바꾸려는 건 제 과거와 미래잖아요."

"맞아요. 우린 당신의 과거로 돌아가 어떤 형태로든 쓰키코가 사고를 당하지 않게 막아야 해요."

"그래도 겨우 4분 남짓이죠? 잘 될지 모르겠어요. 쓰키코는 보기보다 고집이 세거든요. 사고를 당하기 전에 집으로 돌아가게 하는 건 좀 어려울지도 몰라요."

고개를 살짝 숙인 채 걱정하는 류타의 말을 들으며, 난 그가 조금씩 내 힘을 믿기 시작했다는 사실에 놀랐다.

"그럼, 약속 장소를 바꾸도록 하는 건 어떨까요? 만나는 날을 바꾼다든가."

히구레 씨가 제안했지만 그건 어려웠다. 댄스 발표 날짜는 정해져 있었으니까.

"류타 말대로 어려울 거예요. 기회는 한 번뿐이니까 우리는 반드시 쓰키코가 그날, 지하철역으로 가지 못하게 만들어야 해요. 약속 장소와 시간이 비슷하거나, 쓰키코가 가겠다고 고집을 피우는 일이 생기면 안 되니까요.”

결국 비슷한 상황이 벌어지면, 다른 누군가가 다치거나 미래가 더 나쁜 쪽으로 바뀔지도 모른다. 이를테면 쓰키코 대신 류타가 사고를 당하게 될지도 모르는 일이다. 그런 미래는 원하지 않는다.

“그래서 말인데, 난 그보다 이전으로 돌아가려고 해. 그날… 류타가 우리랑 처음 만난 날로. 그날의 푸드코트로.”

“…어?”

류타가 놀라며 눈을 깜빡였다.

“그럼, 설마 너…?”

“응. 셋이서 댄스 연습을 하는 일은 없을 거야. 난 쓰키코랑 댄스 발표를 같이 하지 않도록 할 거니까. 과거로 돌아갔을 때 그게 가능할까요?”

하야리 씨와 히구레 씨에게 묻자 히구레 씨가 조용히 고개를 끄덕였다.

“시간의 수호자는 과거의 자신과 동시에 존재할 수 없어요. 만약 히마리가 그날로 돌아간다면 쓰키코는 갑자기 히마리가 눈앞에서 사라졌다고 생각할 겁니다. 4분 33초가 지나면 과거의 히마리가 현재의 기억을 이어받게 되니까, 히마리는 쓰키코와 둘이 댄스 발표를 하는 일이 없도록 행동할 거예요.”

“그렇다면 난 그대로 그 자리에서 사라지면 돼. 류타는 우리한테 말을 걸지 말고 그대로 집으로 돌아가고. 그렇게 우리가 만나지 않으면 나와 쓰키코가 같이 댄스 발표를 할 일도 없을 테고 쓰키코는 사고를 당하지 않을 거야. 우린 그 시간에 그곳에서 만나자고 약속하지 않을 테니까.”

“하지만 그렇게 하면….”

류타는 뭔가 말하려 했지만 내 단호한 표정을 보고는 내 의도를 이해한 것 같았다.

“…그럼 이제 난 뭘 하면 돼?”

류타는 각오한 듯 물었다.

히구레 씨는 마법과도 같은 커피 원두 ‘4분 33초 존 케이지’를 손때가 묻은 커피 그라인더에 넣었다. 손잡이를 잡고 돌리면 원두가 곱게 갈리는 작은 기계에.

히구레 씨는 커피 그라인더를 류타에게 건넸다.

“천천히 손잡이를 돌려주세요.”

“제가요?”

“네. 천천히…. 좋은 향이 나죠?”

“네, 커피 향이 참 좋네요.”

손잡이를 돌릴 때마다 드르륵드르륵 기분 좋은 소리와 함께 그윽한 커피 향이 멀리 퍼져나갔다. 히구레 씨의 말대로 손잡이를 돌리는 류타는 이내 커피 향에 취한 듯 눈을 가늘게 떴다.

“손잡이가 한 번 돌아갈 때마다 시간이 천천히 과거로 돌아갑니다. 당신이 돌아가고 싶은 시간으로, 되돌리고 싶은 시간으로…. 후회하는 그 광경을 머릿속에 선명하게 그려주세요.”

다시 돌아가야 할 곳은 바로 그 푸드코트다. 떠들썩한 평일 오후.

“무서워.”

갑자기 류타가 중얼거렸다.

“괜찮아. 내가 함께 있으니까.”

난 살며시 류타의 팔을 잡았다.

“…응.”

이윽고 소리가 멀어지고 세상이 천천히 일렁이더니 낡은 시계가 돌아가기 시작했다. 이번에는 사고 같은 거 당하지 않게 할 거야. 기다려, 쓰키코.

8

눈을 뜨자 세상은 세피아 빛으로 물들어 있었고 아이들 웃음소리와 방금 튀긴 감자튀김 냄새가 주위를 채우고 있었다.

"…아."

류타는 놀란 표정으로 주변을 자꾸만 둘러봤다.

창가 자리에 앉아 있던 쓰키코도 어리둥절한 표정으로 주변을 이리저리 둘러봤다. 아마도 날 찾고 있는 것이리라.

"쓰키코! 정말 돌아왔구나…."

"응."

놀라움에 떨리는 목소리로 류타가 말했다. 류타와 난 눈물이 나올 것만 같았다. 류타는 사실 반쯤은 믿지 않았다며 쓴 웃음을 지어 보였다. 그래도 난 반은 믿었다는 사실이 놀랍기도 하고 기쁘기도 했다.

"하지만 우리에게 주어진 시간은 겨우 4분 33초뿐이야. 그러니까 류타, 이대로 나가서 집으로 가."

"…정말 그렇게만 하면 되는 거지?"

좀 진정됐는지 류타는 진지한 눈빛으로 날 바라봤다. 그것은 결코 '그렇게만' 하는 게 아니다. 가슴 한구석이 저릿하게 아려왔다.

"그렇게만 하면 미래는 바뀌게 됩니다."

그런 내 마음을 알아차리기라도 한 듯 히구레 씨가 류타에게 말했다.

"4분 33초 후에 시간이 새로운 길로 접어들면 당신은 지금 우리가 이야기 나눈 기억을 잊게 됩니다. 왜냐하면 이제부터 우리가 겪은 지금까지의 시간은 미래에 존재하지 않게 되니까요."

류타는 어렴풋이 이해했는지 천천히 고개를 숙였다.

"이대로 이곳에서 나가면 당신과 히마리는 만나지 않게 되고 히마리는 쓰키코 곁에서 멀어지게 될 겁니다. 그렇게 미래가 바뀌게 되는 거지요."

"그리고 저도… 모든 걸 잊게 되겠죠?"

"네…. 정확히 말하자면 모든 것이 없었던 일이 되는 겁니다. 이 순간도 존재하지 않았던 시간, 존재하지 않았던 대화가 되지요."

그래…. 그렇게 우리가 친구였던 시간은 흔적도 없이 사라져버리고 말 것이다. 두 눈에 눈물이 차오르더니 이내 흘러내렸다. 하지만 이렇게 울고 있을 시간은 없다. 4분 33초는 눈 깜짝할 사이에 지나가 버릴 테니까.

"나도 이대로 사라질게. 그러니까 류타도 곧장 이곳에서 나가."

난 두 손으로 눈물을 훔치고는 계속해서 말했다.

"그렇게 하면 우린 만나지 않게 돼. 이대로… 서로를 모르는 채로 지내게 되겠지. 이 세상에서 난 쓰키코와 춤추지 않을 거야. 그렇게 하면 쓰키코는 사고를 당하지 않게 돼."

"히마리…."

"우리가 같이 영화를 보면서 사과랑 샌드위치를 먹는 일도 없을 거야. 둘이 손잡고 모에레누마 공원에서 걷는 일도 없을 테고. 그러니까 류타는 건강한 쓰키코랑 올해도 가족과 함께 불꽃축제를 보러 가. 괜찮아, 슬픈 추억은 내가 다 가지고 멀리 갈 테니까.”

겨우 몇 주 동안의 짧았던 추억. 하지만 아마도 평생 잊지 못할 소중한 시간.

“겨우 몇 주 동안이었지만 두 사람은 나에게 정말 멋진 시간을 선물해줬어. 이번에는 내가 너희를 행복하게 할 차례야.”

각오하고 있었지만, 자꾸만 눈물이 흘러내려서 내 볼은 온통 눈물범벅이 되고 말았다. 류타는 따뜻하고 커다란 두 손으로 내 볼을 감싸주었다.

“그래, 그렇게 하면 쓰키코를 구할 수 있어…”

“응. 꼭 그럴 거야. 그러니까 이제 가. 쓰키코를 꼭 구해줘.”

“…알았어.”

우리가 좀 더 어른이었다면 지금과는 다른 모습으로 이별하고 추억을 남길 수 있었는지도 모른다. 하지만 난 아직 중학생이었다. 우린 서로를 짧게 안아주었다. 정해진 시간이 다가오고 있었다. 류타는 내려가는 에스컬레이터 쪽으로 가는 발걸음을 잠시 멈추고 나를 돌아봤다.

《끝없는 이야기》의 주인공 바스티안은 책 속 세상에서 꿈을 한 가지 이룰 때마다 기억을 하나씩 잃어버려. 그러다 자신이 누구인지도 잊어버리고 소중한 사람도 잊어버려. 그렇지만 친구 아트레유는 마지막까지 그를 버리지 않았어.”

“그랬구나…. 나도 읽어볼게.”

“응. 그러니까 내 기억이 사라져도 이 시간이 사라져버려도 우리가 친구였단 사실은 잊지 마. 네가 계속해서 기억해 줘. 내가 널 아주 많이 좋아했다는 것도.”

소리 내어 대답할 수 없었다. 입을 여는 순간 큰 소리로 울게 될 거란 걸 알고 있었으니까.

류타는 나에게 손을 흔들며 에스컬레이터를 타고 내려갔다. 둘 다 ‘안녕’이란 말은 하지 않았다. 류타가 아래층에 도착할 즈음에는 이미 미래가 바뀌어 있을 것이다.

“히마리.”

히구레 씨는 그 자리에 주저앉은 나에게 손을 내밀어 일으켜 주었다. 난 그에게 매달려 울음을 터트리고 말았다.

“히구레 씨, 난 미래로 돌아가고 싶지 않아요….”

“음…. 하지만 시간은 우릴 자유롭게 놓아주지 않아요.”

히구레 씨는 날 감싸안고 울음 섞인 목소리로 말했다. 히구레 씨와 하야리 씨가 항상 다정했던 이유를 알 것 같았다.

분명 둘 다 몇 번이나 이렇게 슬픈 이별을, 두 번 다시 되돌릴 수 없는 4분 33초를 겪어왔을 테니까. 이 고통과 슬픔은 시간의 수호자가 아니고서는 알 수 없을 것이다. 한순간에 사라져버리고 마는, 모든 것이 없었던 일이 되고 마는, 그 소중한 시간을 그리워하는 이 마음은 아무도 모를 것이다. 그러니 우린 이 고통을 서로 나누며 살아가야 한다. 혼자 견디기에는 너무 큰 아픔이니까.

나도 언젠가 나보다 어린 시간의 수호자와 만나면 그들처럼 다정하게 대해줄 수 있을까.

시간이 뒤틀리기 시작했다. 시계 소리가 우리를 맞이하러 다가온다. 미래가 우리를 부르고 있다. 이렇게 난 내 첫 번째 친구와 첫사랑에게 이별을 고했다.

9

하야리 씨는 히구레 씨가 방향치라고 했다. 그녀의 말에 따르면 히구레 씨는 매번 미래로 곧장 돌아오지는 않는다고 한다. 난 그게 어떤 의미인지, 히구레 씨가 어떻게 미래로 돌아오는지 알게 됐다.

하야리 씨와 시간을 건널 때마다 난 '시간'은 물처럼 흘러간다고 느꼈다. 어쩌면 우리 몸속의 피와 비슷하다고도 생각했다. 시간을 건널 때면 항상 따스했고 심장 소리와 비슷한 시계 소리가 났으니까. 하지만 히구레 씨와 함께할 때는 조금 달랐다. 마치 영화 필름 속에 들어간 것 같았다. 하야리 씨

와 건널 때는 보지 못했던 내 과거를 영화 속에서 한 발 빠져
나와 지켜보는 것 같았다. 그것은 슬프거나 괴롭다기보다는
행복한 과거였다. 쓰키코와 내가 친구였던 시간이 재생된다.
아, 저건 쓰키코와 함께 노래방으로 가는 모습이다.

"히마리, 빨리 와!"

어서 오라는 듯, 앞서 걷던 쓰키코가 뒤돌아보며 나에게
손을 뻗었다. 그녀의 손을 잡고 싶어 손을 내밀었다. 하지만
그 앞에는 아무것도 없었다.

다시 눈을 떴을 때는 타셋이었다.

"아….."

"어서 와."

앞으로 손을 내밀고 있는 나를 하야리 씨가 안아주었다.

"괜찮아? 많이 헤매지 않았어?"

"네, 괜찮아요. 헤맨 건 잠깐이었어요."

걱정하는 하야리 씨에게 난 쓴웃음으로 대답을 대신했다.

"그래? 조금 위험했네."

히구레 씨도 멋쩍게 웃었다. 그는 거듭 미안하다며 얼버무
리듯 달려온 모카의 머리를 쓰다듬었다.

"히구레, 이제 안 그럴 때도 되지 않았어?"

하야리 씨는 히구레 씨를 타박했다. 하지만 난 기뻤다. 함께 웃던 그날의 나와 쓰키코를 마지막으로 한 번 더 볼 수 있었으니까. 어쩌면 히구레 씨는 날 위해 일부러 길을 돌아서 왔는지도 모른다.

"저기… 뉴스에 나왔어. 사고 피해자 가운데 여중생은 없었어."

하야리 씨가 따뜻한 캐러멜 라테를 나에게 건네며 말했다.

"역시, 사고는… 일어났군요."

사고는 일어났다. 나도 모르게 고개를 푹 떨구었다. 쓰키코 대신에 다른 누군가가 다쳤을지도 모른다. 그런 생각을 하면서도 난 가슴을 쓸어내렸다. 난 쓰키코를 지켰다. 그 대신 친구를 잃어버렸지만….

갑자기 피로가 몰려와 털썩, 소파에 앉았다. 창문 너머로 노을에 물든 유리 피라미드가 보였다. 조금 전까지 류타와 함께 있었던 모에레누마 공원. 그곳에 펼쳐져 있던 초록 풍경과 바람에 실려 온 물 내음이 몹시도 그리웠다. 분명 조금 전에 일어난 일인데.

"추억도, 기억도, 마음도… 고작 4분 33초 만에 다 사라져

버리고 마네요."

나직이 중얼거렸다.

"사라지지 않아."

하야리 씨가 내 옆에 앉으며 단호하게 말했다.

"하야리 씨…."

"소중한 것들은 우리 안에 남아 있어. 기쁨도, 슬픔도, 다른 모든 것도. 모두의 시간이 사라진다 해도 우리의 시간은 사라지지 않아. 그건 다 우리 거니까. 환상 같은 게 아니야. 진짜 우리 곁에 존재했던 시간이지."

하야리 씨가 내 볼을 어루만졌다. 류타의 체온을 떠올리자 내 눈에서 굵은 눈물방울이 툭 떨어졌다. 하야리 씨가 그런 날 꼭 안아주었다.

"괜찮아. 신도 우리에게서 추억까지 빼앗아 가지는 못해."

10

　새로운 미래에서 난 댄스 발표를 하지 않았다. 격하게 움
직이면 다친 손이 아플지도 모른다며 선생님께 댄스 수업에
서 빼 달라고 부탁했기 때문이다. 선생님은 내 변명을 의심
없이 믿어주었고 춤을 추는 대신 다른 팀의 댄스를 모두 감
상하고 리포트를 작성하라는 과제를 내주셨다. 이건 이것대
로 힘든 과제였지만 직접 춤추는 것보다는 훨씬 수월했다.
내가 빠져 짝이 맞지 않게 되자 혼자 남은 쓰키코는 특별히
케이네 팀과 셋이서 하게 됐다. 그래, 이걸로 다 잘된 거야.
원래 쓰키코와 가장 친한 친구는 케이였으니까. 류타가 만든

안무와 전혀 다른 춤을 추는 쓰키코는 밝고 즐거워 보여서 마음이 놓였다.

…아니. 사실 백 배쯤 질투가 났다.

쓰키코 옆에서 춤추고 있어야 할 사람은 사실 나였으니까.

나는 다시 혼자만의 학교생활로 돌아왔다. 하지만 전보다 마음이 편했다고 해야 할지, 마음을 내려놓았다고 해야 할지 모르겠다. 어쨌든 지금의 상황을 받아들이기로 했다. 만약 또다시 그런 일이 벌어진다면 몹시 괴로울 테니까. 대신 쓰키코와 류타와 함께한 추억을 잊지 않기 위해《끝없는 이야기》를 샀다. 비쌌지만 내 돈으로 양장본을 산 건 처음이어서 왠지 모르게 자랑스러웠다. 하지만 아직은 책을 읽기 괴로울 것 같아 책장에서 제일 중요한 자리에 꽂아두었다.

그리고 다시 타셋에 다니게 되었다. 하야리 씨도 히구레 씨도 언제든 나를 다정하게 맞아주었다. 가끔 생각한다. 두 사람이 내 부모님이었다면 내 인생은 완전히 달라졌을지도 모른다고. 하지만 이런 소원은 이루어질 리 없다. 난 이곳에 있는 것만으로도 넘치게 행복했다. 따스한 고요와 그윽한 커피 향, 모카의 포근하고 부드러운 털과 하야리 씨의 웃음소리 그리고 히구레 씨의 눈길이 마치 나에게 여기 있어도 된다고 말해주는 것만 같았으니까.

댄스 발표가 끝난 다음 주 토요일, 아침부터 타셋으로 갔더니 문 앞에 '임시 휴업'이라는 안내 문구가 걸려 있었다. 아무런 이야기도 듣지 못했기 때문에 두 사람에게 무슨 일이라도 생긴 건 아닌지 불안해하며 발길을 돌렸다. 바로 그때 하야리 씨가 허둥지둥 카페에서 나왔다.

"어서 와. 기다리고 있었어."

"네? 그런데 오늘 쉰다고⋯."

"임시 휴업. 날씨가 너무 좋잖아. 하늘도 파랗고 기분도 상쾌하고."

"네?"

어쨌든 들어오라는 말에 카페로 들어가자 히구레 씨가 소풍 준비에 한창이었다.

"우린 따로 쉬는 날이 없는 대신, 이렇게 기분 따라 쉬기도 해요. 하야리 씨 마음대로."

"하야리 씨 마음대로요?"

"내가 카페 주인이잖아."

하야리 씨가 불만 있냐는 듯이 입술을 삐죽 내밀었다.

“저도 주인인데요.”

“그럼 혼자서 카페 지키고 있으면 되겠네. 히마리, 나랑 둘이서 가자.”

“갑니다, 가! 도시락은 누가 다 만들었는데….”

히구레 씨는 투덜거리면서도 보온병을 준비해 곱게 간 커피 원두와 함께 하야리 씨에게 건넸다.

“난 외출하기 전에 커피 내리는 걸 진짜 좋아해.”

하야리 씨가 생글생글 웃으며 행복하다는 듯이 커피를 내렸다. 순식간에 커피 향이 카페 안을 가득 채웠다. 아직 쓴 커피가 맛있진 않지만 난 이 그윽한 커피 향을 정말 좋아한다. 내 발치에서 모카가 꼬리를 팔랑팔랑 흔들어대며 안절부절못하기 시작했다.

“하하하, 괜찮아! 모카도 같이 갈 거야.”

커피를 내리며 하야리 씨가 큰 소리로 웃었다. 외출하려는 분위기를 읽은 모카는 아무리 같이 갈 거라 말해도 가만히 있질 못했다. 히구레 씨가 개껌을 주었지만 모카는 잠시 문 부근에서 개껌을 씹는 둥 마는 둥 하다가 이내 다시 꼬리를 흔들며 정신없이 돌아다녔다.

“그런데 어디로 나들이 갈 거예요?”

"바로 저기. 모에레! 오늘 점심은 소풍 가서 먹을 거야."

아, 모에레누마 공원에 가는 거구나. 소풍이라니. 설렘을 안고 우리는 소풍 바구니와 돗자리를 챙겨 모에레누마 공원으로 향했다.

오늘은 날씨가 무척 좋았다. 공원은 우리 말고도 가족이나 연인으로 보이는 사람들로 북적거렸다. 우리는 적당한 나무 그늘에 자리를 잡고 커다란 돗자리를 펼쳤다. 하야리 씨는 그 위에 예쁜 퀼트 천을 몇 장 펼쳐놓고 쿠션도 세 개 꺼낸 뒤 가운데에 캠핑용 접이식 테이블 두 개를 폈다. 이어서 히구레 씨가 베이글 샌드위치 몇 개와 편의점 세이코마트에서 산 프라이드치킨과 감자튀김, 귀여운 모양의 쿠키를 테이블에 한가득 늘어놨다.

"와, 장난 아니다. 전부 히구레 씨가 만든 거예요?"

"이건 편의점에서 샀고, 쿠키는 시마에나가에서 샀어요."

히구레 씨가 부끄러워하면서도 기쁜 듯 고개를 끄덕였다. 처음에 다가가기 어렵다고 생각했던 게 거짓말처럼 이제 히구레 씨와 얘기하는 게 즐겁다. 먹기 좋게 네 등분한 베이글은 속이 가득 차 있었고 단면이 참 예쁜 데다 맛있어 보였다.

"너무 좋아요. 저 베이글 진짜 좋아하거든요!"

"맛있지? 이 빵은 내가 샀어. 재료도 다 내가 준비했다고."

하야리 씨가 그렇게 말하며 어깨를 쭉 폈다.

"갑자기 재료를 받아 들게 된 사람 입장도 좀 생각해주면 좋겠네요."

히구레 씨가 심드렁하게 중얼거렸다.

"아니, 들어봐. 아침에 일어나 창문을 열었더니 오지랖 넓은 수다쟁이 남쪽 바람이 그러는 거야. '하야리, 오늘은 소풍하기 딱 좋은 날이야' 그러면 나도 어쩔 수가 없잖아!"

하야리 씨가 무슨 말을 하는지 도통 알아들을 수가 없었다. 히구레 씨도 하야리 씨의 말을 무시하고 나에게 덜어 먹을 접시를 건네주었다.

먼저 새우랑 아보카도가 들어간 베이글 샌드위치를 한입 베어 물었다. 밀 향이 느껴지는 통통한 베이글과 적당히 으깨어 존재감이 살아 있으면서도 부드러운 질감의 아보카도, 탱글탱글하게 잘 익은 새우가 어우러져 정말 맛있었다. 고추냉이를 조금 넣었는지 코끝이 찡한 느낌도 좋았고 가끔 톡톡 터지는 알갱이를 씹는 맛도 좋았다.

"정말 맛있어요! 새우랑 아보카도랑… 또 뭘 넣은 거예요?

톡톡 터지는 이건 뭐죠?”

“말린 청어알이에요. 달콤한 달걀말이랑 고소한 베이컨을 넣었어요. 평소에는 달걀말이를 달게 만들지 않는데 이 샌드위치에는 달콤한 게 더 어울리더라고요.”

금세 하나를 다 먹어 치우고 히구레 씨가 준 달걀샌드위치를 한입 크게 베어 물었다. 부드러우면서도 촉촉한 달걀말이는 확실히 달았다. 하지만 그 단맛과 바삭한 베이컨의 짠맛이 꽤 잘 어울렸다. 쫀득하면서도 부드럽고 바삭한 식감도 일품이고 아삭아삭한 양상추도 맛있었다.

“이건 내가 편의점에서 사 왔어. 프라이드치킨이랑 감자튀김 그리고 이건 야키소바를 넣은 소금버터빵! 내가 직접 빵에 야키소바를 넣은 거야.”

하야리 씨가 지지 않겠다는 듯이 작은 야키소바빵을 우리에게 권했다. 한입 맛보니 소금버터빵의 버터가 사르르 녹으며 달콤하면서도 짭조름한 맛이 입안 가득 퍼져나갔다. 쫄깃한 야키소바 면과 붉은 생강 초절임, 홋카이도식 닭튀김까지. 맛이 없을 수가 없는 조합이었다.

“편의점에서 사 온 야키소바빵 진짜 맛있네요!”

히구레 씨도 오물오물 씹어먹으며 감탄했다.

“편의점에서 사서 내가 만든 야키소바빵이지.”

“9할은 편의점이 한 거죠.”

“그래도 1할은 내 거잖아. 내가 생각해낸 조합이라고.”

티격태격하는 두 사람의 모습을 보며 내가 소리 내어 웃자, 하야리 씨도 기쁜 듯이 싱긋 웃었다.

“히마리, 차가운 카페오레 마실래? 캐러멜시럽 안 넣었어.”

“네, 마셔 볼래요. 이제 좀 익숙해진 것 같으니까.”

“히구레는 따뜻한 거?”

“네, 찬 음료를 마시면 추워서요.”

이 더운 여름에 따뜻한 커피를 마시면 덥지 않을까, 싶었지만 그냥 흘려보냈다. 나는 모에레누마 공원에서 맛있는 샌드위치와 커피 그리고 다카나시 씨 모녀가 만든 쿠키와 피낭시에 그리고 머랭쿠키를 먹었다. 이토록 멋진 풍경에 이토록 맛있는 음식이라니, 이런 게 행복인 걸까.

“아, 진짜 너무 좋아요.”

잠시 후 하야리 씨는 배부르다며 돗자리에 누웠다. 흙과 풀 내음이 나는 잔디 위로 아이들이 재잘대는 소리를 실어 온 바람에서는 물 내음이 났다. 옆을 돌아보니 누워 있는 하야리 씨가 졸음이 쏟아지는지 늘어지게 하품했다.

무엇 때문인지 이 모든 것에서 생명이 느껴졌다. 내가 살아 있다는 감각이 들었다.

평온하게 흘러가는 휴일의 시간이 다정해서였을까. 갑자기 눈물이 차올랐다. 히구레 씨와 짐을 정리하다가 나직이 중얼거렸다.

"이상해."

"뭐가 이상해요?"

속으로만 한 생각인 줄 알았는데, 히구레 씨가 되묻자 나는 놀라서 대답했다.

"아뇨. 며칠 전까지만 해도 하루하루 엄청 괴로웠는데 지금은 그 모든 게 깔끔하게 사라져버린 것 같아서요."

물론 지금도 그 일을 떠올리면 가슴이 저릿하고 살을 에는 듯한 아픔이 생생하게 느껴진다. 하지만 그날 아침에는 너무나 끔찍하다고 생각한 짙푸른 하늘 아래에 이런 미래가 기다리고 있을 줄은 상상하지 못했다.

"삿포로에서는 나쁜 일만 일어날 줄 알았는데 그렇지 않았어요."

내 삶을 바꾸어준 스기우라 씨는 이제 날 모르겠지만.

“새로운 미래가 꼭 원하는 대로 되지 않고 더 괴로운 시간이 기다리고 있을 때도 있지만 거꾸로 아주 멋진 시간이 기다리고 있을 때도 있어. 게다가 가끔은 신도 끊어낼 수 없는 실이 사람과 사람을 이어줄 때도 있고.”

하야리 씨가 누운 채로 파란 하늘을 올려다보았다. 모카가 방심한 하야리 씨의 얼굴을 핥자 그녀는 놀라서 큰 소리로 외쳤다.

“으, 모카, 나한테 이러지 마. 누가 모카랑 좀 놀아줘!”

“모카, 이리 와. 프리스비 던지고 놀자.”

히구레 씨가 웃으며 일어서자 모카는 좋아서 깡충깡충 뛰었다.

“히마리, 같이 갈래요? 프리스비 던져본 적 있어요?”

“아뇨, 해본 적 없는데…. 어려워요?”

“괜찮아요. 잘 못 던져도 모카가 잘 잡으니까.”

“모카가 못 잡을 정도로 제가 엉망으로 던지면 어떡해요?”

나는 히구레 씨와 이야기를 나누며 모카를 데리고 넓은 공터로 향했다. 그러다 순간 걸음을 멈췄다.

“미사키?”

내 눈앞에 나보다 더 놀란 표정의 쓰키코가 서 있었다.

이런 우연도 있네! 혼자 왔어? 아, 아빠랑 같이 온 거야? 난 오늘은 사촌 동생들이 놀러 와서 다 같이 공원에서 물놀이하러 왔어. 미사키는 개랑 산책하러 나왔어?"

쓰키코는 쉴 새 없이 말을 쏟아냈다. 나는 어떻게 해야 좋을지 몰라 잠시 망설였다. 그리고 문득 깨달았다. '오지랖 넓은 남쪽 바람'. 어쩌면 하야리 씨는 알고 있던 게 아닐까? 고개를 들어 히구레 씨를 보았다.

"…아마 우연이겠지만, 하야리 씨는 그런 사람이에요. 마녀잖아요."

"마녀요?"

그러고 보니 스기우라 씨도 비슷한 말을 했었다. 히구레 씨는 내 등을 밀어 쓰키코 앞으로 보내주었다.

"미안, 말 걸지 말 걸 그랬나?"

쓰키코는 불안한 듯이 물었다. 내가 아무 말 없이 서 있기만 하자, 갑자기 히구레 씨가 자기 지갑에서 천 엔을 꺼냈다.

"아뇨, 괜찮아요. 조금 낯을 가려서 그런 것뿐이에요. 오늘 더우니까 둘이 소프트아이스크림이라도 먹고 올래요?"

"네?"

히구레 씨가 나에게 억지로 돈을 쥐여주었다.

"과거로 돌아가지 않아도 다시 시작할 수 있어요. 게다가 오늘은 아직 노을이 지려면 시간이 있으니까."

"그래도….""

"무서워하지 말아요. 앞으로 무슨 일이 일어날지는 아무도 모르는 거니까."

히구레 씨는 나에게 속삭이고는 쓰키코에게 말했다.

"히마리는 여기 별로 와본 적 없는데 같이 가줄래요?"

"네. 그럼 유리 피라미드 쪽으로 갈까? 거기 소프트아이스크림 엄청 맛있거든."

쓰키코의 말에 내 눈에서 눈물이 흘렀다.

"응… 좋아. 사실 전부터 너랑 같이 가고 싶었어."

"나랑?"

쓰키코가 놀라면서도 기쁜 듯이 눈을 크게 떴다. 류타와 비슷한 표정이었다. 쓰키코와 류타, 둘 중 누가 더 좋냐고 묻는다면 망설일 것 같다. 하지만 난 다른 누구도 아닌 쓰키코와 같이 유리 피라미드에 가고 싶었다. 저녁 햇살이 쏟아지는 그곳에.

"…근데 소프트아이스크림은 떨어트리면 안 돼."

"뭐? 어떻게 알았어?"

파란 하늘 아래에서 쓰키코가 반짝이는 햇살처럼 환하게
웃었다.

간주곡 *intermezzo*

혼자여도 괜찮다고 생각했는데 그래도 역시 학교에 친구가 있는 편이 즐겁고 행복하다.

하지만 전처럼 꼭 붙어 다니진 않았다. 가까이 다가가고 싶은 마음을 꾹 눌러 참으며 쓰키코, 아니 카자미와 어울리게 됐다. 쓸쓸하지만 어쩔 수 없다. 또 그런 무서운 일이 일어나면 안 되니까.

미래는 아무도 모른다. 겁을 내도 소용없다는 걸 머리로는 알면서도 불안한 마음에 자꾸만 움츠러들었다. 그래서 지금은 '친구'보다 조금은 먼 거리를 유지하고 있다. 방과 후에 카자미가 나에게 말을 걸어올 것 같으면, 나는 내일 보자며 서먹하게 인사하고 먼저 교실을 나왔다. 우리는 이제 같이 노래방에 가는 사이가 아니니까. 쓸쓸하지만 어쩔 수 없다. 어쩔 수 없는 일이다.

"미사키."

학교 현관으로 가려는데 누군가가 복도에서 나를 불러 세웠다.

누구지? 의아해하며 돌아보자 치토세가 평소의 불만스러운 표정으로, 아니 한층 더 화난 듯한 얼굴로 서 있었다.

"왜…, 왜 그래?"

"너 시간을 바꿨지?"

"…뭐?"

"카자미 말이야, 사고로 죽었잖아. 그런데 갑자기 건강하게 살아 돌아오고 넌 그 애를 서먹하게 대했지. 뭔가 좀 이상하지 않아? 네가 바꾼 거지? 미사키, 너 그 카페 주인 딸이야?"

커피 향이 나는데, 하며 치토세가 킁킁거렸다.

"저… 저기…."

"네가 잘못했다는 말이 아니야. 하지만 과거를 바꾸면 현재도 바뀌어. 너, 그 사고로 카자미 대신 아기가 죽은 건 알고 있어? 아기 엄마가 피하려고 했지만 그럴 수 없었어. 아기는 유모차에 탄 채 차에 치이고 말았다고!"

"…뭐?"

너무나 섬뜩했다. 사고로 두 사람이 죽었다는 이야긴 들었다. 하지만 무서워서 그 뉴스를 볼 엄두가 나지 않았다. 나이가 몇이든 죽는다는 건 슬픈 일이니까. 하지만 엄마가 보는 앞에서 아기가 사고를 당하다니, 그런 비극이 또 있을까?

"나… 난, 그렇게 될 줄은…."

목소리가, 몸이 떨렸다. 죄책감이 몰려왔다. 난 그저 쓰키코를 구하고 싶었을 뿐이었는데. 그것 때문에 미래가 비껸다는 건 알았지만 그런 끔찍한 일이 벌어졌으리라고는 상상도 못 했다. 그때 하야리 씨가 한 말이 머릿속에 되살아났다.

'신은 때때로 잔혹할 정도로 계산을 정확하게 해.'

"알아. 미래가 어떻게 될지는 아무도 모르는 거니까. 과거를 바꾸는 게 잘못이란 말이 아니야. 오히려 난 바뀐 미래가 원래의 모습이라고 생각하는 편이니까. 하지만… 그래서 더 큰 고통을 받는 사람이 생기는 걸 내버려두는 건 죄야. 결코 옳은 일이 아니야."

하야리 씨는 과거를 바꾸는 건 그 사람의 의지여야 하고, 시간의 수호자가 과도하게 관여하는 건 좋지 않다고 했다. 실제로 내가 쓰키코를 되살렸기 때문에 아기가 죽고 말았다.

"하지만…."

내가 주저하자 치토세가 단호하게 말했다.

"하지만이 아니야, 미사키. 네가, 우리가 바꾼 미래니까 우리가 책임져야 해."

"우리가?"

"그래. 시간이 바뀐 걸 알아차렸는데 모르는 척하면 나도 공범이 되는 거잖아."

"…너도 시간의 수호자야?"

치토세도 나와 마찬가지로 시간을 되돌려 세상이 바뀌어도 적용받지 않는 특이점을 가진 거였다. 놀란 나를 보며 치토세는 진지한 표정으로 고개를 끄덕였다.

"그러니까 가자, 아기를 구하러. 그 사고가 일어난 4분 33초로."

널 구원할 시간 4분 33초

1판 1쇄 인쇄 2026년 3월 13일
1판 1쇄 발행 2026년 3월 25일

지은이 오타 시오리
옮긴이 이구름
발행인 박현진
본부장 김태형
책임편집 고혜원
책임마케팅 이유림
오리지널사업팀 이지향 박지수 이민해 이유림 이유진 전강산 한미리
디자인 데일리루틴
일러스트 아바
제작 세걸음
펴낸곳 ㈜kt 밀리의서재
출판등록 2017년 1월 5일 (제2017-000008호)
주소 서울특별시 마포구 양화로45, 18층(서교동 메세나폴리스 세아타워)
메일 contents@millie.town
홈페이지 https://www.millie.co.kr

ISBN 979-11-6908-714-8 (03830)